MEU TIO MATOU UM CARA
e outras histórias

inclui roteiro de Jorge Furtado e Guel Arraes do filme
"Meu tio matou um cara"

L&PM30ANOS

Jorge Furtado

MEU TIO MATOU UM CARA
e outras histórias

inclui roteiro de Jorge Furtado e Guel Arraes do filme
"Meu tio matou um cara"

www.lpm.com.br
L&PM POCKET

Coleção **L&PM** POCKET, vol. 397

Este livro teve sua primeira edição em formato 14 x21, publicado em outubro de 2002, pela L&PM Editores.

Primeira edição na Coleção **L&PM** POCKET: dezembro de 2004

Capa: Segundo cartaz original do filme *Meu tio matou um cara,* Fox Film, com fotos de Mauro Rish. (Utilização autorizada pela Fox Film.)
Revisão: Renato Deitos e Jó Saldanha

ISBN 85.254.1354-2

F992m	Furtado, Jorge, 1959-
	    Meu tio matou um cara e outras histórias / Jorge Furtado. -- Porto Alegre: L&PM, 2004.
	    224 p. ; 18 cm. (Coleção L&PM Pocket)
	
	Contém roteiro do filme baseado no livro. Roteiristas: Jorge Furtado e Guel Arraes
	
	1.Ficção-brasileira-contos. I.Título. II. Série
	
	                    CDD 869.931
	                    CDU 821.134.3(81)-34

Catalogação elaborada por Izabel A. Merlo, CRB 10/329

© Jorge Furtado, 2002, 2005

Todos os direitos desta edição reservados à L&PM Editores
Porto Alegre: Rua Comendador Coruja 314, loja 9 - 90220-180
            Floresta - RS / Fone: (0xx51) 3225.5777
informações e pedidos: info@lpm.com.br
www.lpm.com.br

Impresso no Brasil
2004

SUMÁRIO

Meu tio matou um cara / 7

Planta baixa / 47

Lata / 49

Juízo / 53

Paraíso / 66

Encontro / 74

Ah, o amor / 77

Estou vendo / 83

Velásquez e a teoria quântica da gravidade / 85

Roteiro do filme *Meu tio matou um cara* / 91

MEU TIO MATOU UM CARA

Meu tio matou um cara. Pelo menos foi isso que ele disse. Eu estava assistindo televisão, um programa idiota em que umas garotas muito gostosas ficavam dançando. O interfone tocou. Minha mãe estava no telefone e meu pai na cozinha. Eu atendi. Oi. Seu Argeu disse: o seu tio está subindo. Tá bom. Desliguei. Tio Éder está subindo, eu disse. E sentei outra vez na frente da televisão. Minha mãe desligou o telefone. Meu pai veio da cozinha. Ele avisou que vinha? Minha mãe respondeu não, por quê? Meu pai disse nada, só para saber se ele vai jantar. Ele voltou para a cozinha e a campainha tocou. Minha mãe abriu e meu tio Éder entrou.

Matei um cara.

Dei mute nas gostosas. Meu tio estava branco e ele normalmente é preto. Meu pai também é meio preto, mas meu tio é mais. Minha mãe, que já é branca, disse o quê, meu pai disse como assim? Ele repetiu.

Matei um cara.

Minha mãe perguntou de carro?

Não. Com um tiro.

Meu pai disse puta que o pariu, onde?

Na minha casa. Na sala.

7

Que cara? O corpo está lá? Tem certeza que ele morreu? Chamou a polícia? Por quê? Calma. Como foi? Puta que o pariu. Calma.

Ex-marido de uma namorada. O cara foi lá atrás dela, ela não estava. Ele não acreditou, me apontou uma arma e começou a me ofender. Me chamou de preto safado. Tirei a arma do cara, a gente brigou, ele caiu no chão. Eu peguei a arma e atirei.

Foi um acidente. É melhor chamar a polícia. Calma. Foi um acidente. Legítima defesa. Claro, foi um acidente. Só aí que minha mãe olhou para mim com uma cara de eu não tinha percebido que você estava aí, é melhor você ir lá para dentro, depois eu conto pra você o que aconteceu, e eu obedeci rápido. Ainda ouvi o meu tio dizer não sei, meu pai dizer melhor chamar um advogado e minha mãe perguntar se a família do cara tem dinheiro. Aí eu fechei a porta.

Minha mãe diz que meu tio Éder sempre se mete em confusão. Meu pai diz que ele é um idiota retardado que tem merda na cabeça. Ele sempre pede dinheiro para o meu pai, que empresta mas fica puto. Teve uns anos que ele ganhou muito dinheiro, vendendo um aspirador de fundo de piscina. O negócio se chamava robotclear e andava sozinho, limpando o fundo da piscina. Depois começaram a aparecer outros aspiradores de fundo de piscina, mais baratos que o robotclear, e meu tio se deu mal. Ele tentou baixar o preço do robotclear, fez uma propaganda horrível na tv com uma criança que falava "olha, mamãe, ele anda sozinho!" e era horrível, parece que a criança era filha de uma amiga dele, e ele ficou devendo uma grana no banco. Pediu para o meu pai. Ele emprestou mas ficou mais puto do que nunca, acho que era muita grana dessa vez. Meu tio também aparece com umas namoradas meio estranhas, aí é a minha mãe que fica puta. Meu pai diz deixa, ela até que é legal. Aquilo para mim é silicone. Não parece, diz o meu pai. Tem certeza? Prestou bem atenção?

Minha mãe bateu na porta e eu disse entra. Minha mãe entrou e me olhou com uma cara de preocupada misturada com uma cara de fique calmo, seu tio é da família mas é só seu tio, nós não temos muito a ver com isso de verdade e, no fim, vai dar tudo certo. Não é uma cara muito fácil de fazer ou imaginar, mas ela faz direitinho. Eu perguntei o que foi? Um acidente. Eu ouvi. Chamaram a polícia? Ainda não. Seu pai chamou o Rogério. Ele é advogado, amigo. Pergunte se ele atirou deitado ou de pé. Ela disse como é? Pergunte para o tio Éder se ele atirou deitado ou de pé. Ele disse que eles brigaram e caíram no chão. Se ele atirou deitado, de perto, dá para ver que foi uma briga. Agora, se ele atirou de longe, de pé, é melhor inventar outra história. Minha mãe ficou me olhando um tempão antes de dizer tá, eu pergunto. Pergunte também se ele sabe onde a mulher do cara estava. Já perguntei. Ele não sabe. Eu vou voltar lá.

Pergunte se o cara é ex-marido mesmo. Tá bom, calma, fique aí, eu vou voltar lá. Ela saiu e fechou a porta.

Outra vez o meu tio tentou abrir um bar. Era uma mistura de sushi-bar com uns computadores nas mesas, custou uma grana, eu fui lá duas vezes. Uma vez eu fui com o Kid e só tinha o meu tio e uns amigos bebendo. Outra vez foi num aniversário e aí tinha bastante gente, meu tio, os amigos dele e algumas mulheres que riam muito alto, além do meu pai, minha mãe e eu. O bar fechou e meu pai acabou comprando três computadores, um aqui para casa e dois para o escritório, mais para ajudar o tio Éder, que os computadores não eram muito bons. Todas essas confusões em que o meu tio se metia eram muito chatas, levavam meses. Nunca imaginei que ele pudesse matar alguém, deve ter sido mesmo um acidente.

Minha mãe bateu na porta. Entre. O Rogério está aí. Estão conversando. Perguntou? Perguntei. Ele acha que atirou de pé, o cara estava se levantando. Foi um acidente. A bala entrou onde? Na barriga? Ele não sabe. Foi um acidente, eles estavam brigando, a arma era do cara. Do ex-marido? É, ela disse. Parece que eles não eram separados legalmente, mas não viviam mais juntos. Tem que ver se a mulher é a herdeira, eu disse. Como assim? Se a mulher namora o tio e é a herdeira, eles tinham motivo para matar o cara. Minha mãe disse, pois é. Deixe eles conversarem, o Rogério é advogado. Você comeu? Comi. Vai sair? Acho que vou na casa da Isa. Não volta muito tarde. Tá bom.

Entrei na sala e eles pararam de conversar. Meu pai disse Rogério, esse é o Duca. Eu disse tudo bem, ele disse prazer. Meu tio olhou para mim.

E aí Duca?
Eu disse tudo bem.
Viu essa?
Eu disse vi.
Cacete, que confusão. Que merda.

Eu disse pois é. A mulher dele já sabe? Os quatro ficaram olhando para mim. Minha mãe disse sabe o quê? Já sabe que o cara morreu, perguntei. Alguém já avisou para ela? Minha mãe olhou para o meu pai, que olhou para o meu tio, que olhou para mim. O advogado olhou para o meu tio.

Não. Ninguém sabe. Fechei a porta e saí, vim direto para cá.

Meu pai perguntou se ele não tinha telefonado para ninguém.

Não.
Eu perguntei e a arma?
Está no meu bolso.

O advogado disse é melhor nós irmos logo. Ligamos para a polícia de lá. Meu pai disse eu vou com vocês. Minha mãe disse para quê? O advogado disse é melhor não. Eu vou primeiro, a gente liga para você de lá, depois de ligar para a polícia. Aí você vai.

É melhor, eu disse. Abri a porta da rua e chamei o elevador. O advogado se levantou, meu tio também.

Cacete.

Minha mãe disse foi um acidente, calma. Meu pai disse vai dar tudo certo, daqui a pouco eu vou para lá.

Tá bom.

Entramos no elevador, meu tio ficou olhando para o chão, o advogado ficou olhando para mim e eu fiquei olhando para os botões do elevador. É melhor deixar a polícia avisar a mulher, eu disse. O advogado perguntou por quê. É melhor que eles vejam a cara dela quando ficar sabendo que o marido morreu. Ele disse pode ser. A porta do elevador abriu. O advogado disse vamos no meu carro. Eu perguntei como eles iam explicar que o carro do meu tio estava aqui.

É melhor eu levar o carro.

O advogado disse eu sigo você. Vá devagar. Eu disse tchau e saí.

A Isa abriu a porta. Oi. Oi. O Kid esta aí? Não, talvez ele passe aqui mais tarde. Eu perguntei vocês vão sair? Ela disse acho que não. Você vai sair? Não, eu disse. Sua mãe taí? Não, ela disse, tá viajando, por quê? Meu tio matou um cara. Como é? Meu tio matou um cara. Quando? Hoje. Como? De carro? Não, com um tiro. Tá brincando? Como? Que tio? Irmão do meu pai. O cara era velho? Não sei, por quê? Sei lá. Acho que quanto mais velho, melhor. Quer dizer, o cara já ia morrer daqui a pouco mesmo. Como foi? Ele diz que foi um acidente, ele estava namorando a mulher do cara, brigaram, o cara tinha uma arma. E a polícia? Não sabe ainda, vai saber daqui a pouco. Onde está o cara? O morto? É. Na casa dele. Onde? Na sala? Não sei, acho que sim. E aí? Não sei. Puta que o pariu! Pois é. Seu tio vai ser preso? Acho que sim, ele quase foi, uma outra vez, por causa de uns cheques. E o seu pai? Meu pai diz que ele é um idiota. Mas eu acho que ele não matou o cara. Acho que foi mesmo um acidente. Por quê? Porque ele é idiota mesmo.

O Kid chegou quase meia-noite. O tio do Duca matou um cara. Quem? O tio do Duca, irmão do pai dele. Matou quem? Um sujeito, marido da amante dele. Marido da amante? Ele era amante da mulher do cara. Ex-mulher. Puta que o pariu! Pois é. E aí? Não sei mais nada. Vocês já comeram? Tô morrendo de fome. Eu comi em casa. Vamos pedir uma pizza? Eu vou embora, eu disse. É cedo, ela disse. Quero saber o que aconteceu. Me liga depois? Amanhã eu conto. Liga hoje. Depende da hora. Tchau, eu disse. Eles disseram tchau.

Meu avô era branco e minha avó é meio negra. Meu tio é negro e meu pai é quase branco. Eu sou quase negro e quase sempre fui o único negro da minha aula. No primário teve um outro, mas ele só ficou um ano no colégio, o pai dele era militar, foi transferido. Quase sempre era chato ser o único negro. Quer dizer, têm uns que olham para você de longe achando estranho você ser negro e nunca falam com você, têm os que falam e não se importam de você ser negro, e têm os que falam com você só para mostrar para os outros que não se importam de você ser negro. Todo mundo na escola trata os outros quase sempre mal, brigando e chamando de idiota, essas coisas. Mas se você é negro e alguém chama você de idiota, sempre tem uma professora que defende você mais do que precisava e briga com o cara, como se ele tivesse chamando você de idiota só porque você é negro. Então quase ninguém me chama de idiota, só os meus amigos mesmo: o Kid e a Isa, e mais um ou outro. É claro que eu estava completamente apaixonado pela Isa e é claro que ela estava completamente apaixonada pelo Kid e é claro que eu não podia contar nada disso para ninguém.

Quando cheguei em casa minha mãe estava no quarto. Oi. E aí? Seu pai ligou. Acho que vai dar tudo certo. Avisaram a polícia? Avisaram, já estão lá. E o tio? Diz que está bem. Ele vai ser preso? Acho que não, vão só interrogar, ele ligou para a polícia, explicou tudo. É melhor não esconder nada. O corpo ainda está lá? Não sei. Acho que sim. E a mulher? Já sabe? Já, a polícia avisou. E ela? Sei lá. Eles tinham filhos? Parece que não. Você já comeu? Comi. Eu vou deitar. Boa-noite.

Acordei com o telefone tocando. Seis e vinte e cinco, devia ser importante. Alguém atendeu no quarto. Tentei dormir mais um pouco, mas como eu tinha que levantar dez para as sete, fiz a conta e deu vinte e cinco minutos, demais para ficar acordado e de menos para dormir de novo. Fiquei parado de olhos fechados tentando descobrir os furos na história do tio Éder. Ele matou o cara e saiu, veio para cá. Meu pai ligou para o advogado, que veio para cá. Aí eles foram para o apartamento do tio Éder. O advogado pareceu esperto ligando para o meu pai do apartamento do tio Éder. E se ele foi mesmo esperto, ligou primeiro para a casa dele, como se fosse o tio Éder ligando. A polícia vai pegar as ligações do telefone do tio Éder e achar que ele ligou para o advogado e depois para o meu pai. Mas se a polícia pegar as ligações daqui de casa, vai descobrir que o telefonema daqui para o advogado foi antes do telefonema da casa do tio Éder para o advogado.

O problema dessas histórias que não aconteceram é que a gente sempre esquece alguma coisa que deveria ter acontecido ou que não deveria ter acontecido para a história ficar inteira. As partes que a gente não inventa é que atrapalham. Alguém pode ter visto o tio Éder saindo de casa sozinho ou voltando com o advogado. Eu li uma história em que um cara disse que tinha estacionado o carro antes de começar a nevar e aí a polícia viu que tinha neve debaixo do carro dele e que a neve tinha começado sei lá que horas e que, portanto, ele estava mentindo e era o assassino. Claro que isso é coisa de livro, não estava nevando nem chovendo ontem e as pessoas que estão mentindo nem sempre são assassinas, as pessoas mentem quase todo o tempo, por vários motivos. Acho que aqui a polícia não presta atenção nisso, se o chão está seco debaixo de um carro, mas devem prestar atenção em outras coisas que a gente nem imagina e por isso esquece de inventar. Abri os olhos e eram seis e vinte e sete. Eu ainda ia ter que imaginar muitos furos na história do tio Éder se quisesse ficar deitado de olhos fechados por mais vinte e três minutos.

Levantei, peguei uma revista que o Kid me emprestou. Na capa tinha uma loira só de tênis e meia, chupando o dedo e segurando o cabo de uma raquete. Tentei descobrir a marca da raquete, parecia adidas. Fui para o banheiro.

Eu estava tomando café quando meu pai entrou na cozinha. Bom-dia. E aí? O quê? Como foi lá? Horrível, nunca tinha visto um homem morto, só de longe. Um gordo. Ele estava deitado de barriga para baixo e a barriga fazia um bico assim para o lado. O cinto estava muito apertado, acho que o cara vivia encolhendo a barriga, só soltou depois de morto. E o tio? Passou a noite na delegacia. Me ligou há pouco, está em casa. E a mulher do cara? Estava calma. Ela foi na delegacia? Foi. Onde ela disse que estava na hora do tiro? Em casa. Sozinha? Parece que sim. Quer carona? Não, vou com a Isa.

Hoje não aconteceu mais nada de interessante com o tio Éder. Ontem o Kid ficou na casa da Isa até duas da manhã. Eu sei porque ela disse que eles viram um filme que estava passando no sessenta e um. Perguntei o nome do filme e ela disse que não sabia, tinham perdido o começo. Eu achei estranho, porque eles sempre põem o nome do filme de vez em quando, no meio. Achei estranho mas não disse nada. Ela disse que o filme era com o Andy Garcia e aquele outro cara que fez Tootsie. Achei que ela devia estar falando do Dustin Hoffman e pensei num filme com o Dustin Hoffman e o Andy Garcia e lembrei do Herói por Acidente. Perguntei se era Herói por Acidente e ela disse que sim, que achava que era.

Em casa eu olhei na revista da tevê e vi que o filme que passou no sessenta e um era mesmo o Herói por Acidente, que começou à meia-noite e trinta. Terminou depois das duas. Telefonei para o Kid e perguntei, no meio da conversa, que horas ele tinha saído da casa da Isa ontem. Ele disse que depois das duas, ficaram ouvindo música. Este é outro problema das histórias que não aconteceram, todo mundo que faz parte da história tem que combinar direito o que não aconteceu. Aí eu disse que a Isa estava gorda, para ver a reação dele, para desanimar ele um pouco de tentar qualquer coisa com a Isa e também para dar uma, caso ele tentasse qualquer coisa com ela e ela achasse ótimo. Ele disse não notei. Se eu tivesse dito que ela estava muito gostosa, ele ficaria mais animado em tentar alguma coisa, e se ela gostasse, eu ia ficar com cara de tacho vendo meu melhor amigo beijando a garota que eu sou a fim e que ainda por cima eu disse que era muito gostosa.

De noite o meu tio ligou, falou com meu pai, que disse que estava tudo bem, agora tem que esperar. No outro dia saiu uma notícia no jornal.

Briga termina em morte de empresário.

O empresário Paulo Roberto Wolker, 53 anos, foi assassinado na noite de segunda-feira, com um tiro no peito, num apartamento na rua Dona Ivete, zona norte de Porto Alegre. O dono do apartamento e autor do disparo, o administrador de empresas Éder Fragoso, 41, chamou a polícia logo depois do tiro. Alega que o empresário o ameaçou e que, ao desarmá-lo, a arma teria disparado. A polícia confirma que o revólver, calibre 38, estava registrado em nome de Wolker. Ele teria ido ao apartamento de Éder à procura de sua ex-mulher, Íris, 29. Comunicada da morte, Íris confirmou ser amiga de Éder, mas afirmou que não o via há bastante tempo. Desde a separação, há um ano, Paulo Roberto tinha crises de ciúmes, presenciadas em várias casas noturnas da cidade. Além da transportadora Wolker, principal empresa da família, Paulo Roberto era proprietário de hotéis e de uma distribuidora de alimentos. O casal não tinha filhos.

Isa leu a notícia. Ela era namorada do seu tio ou não? Parece que foi, não era mais. Não sei. Ele está preso? Não. Vai ser julgado? Acho que sim, e aí o Kid chegou. Viu o tio dele no jornal? Isa disse vi. Aí eu vi que o jornal que ele tinha era outro, um bagaceiro, com uma mulher de calcinha na capa. Eu disse deixa eu ver e peguei o jornal.

Marido ciumento leva chumbo.

Empresário saiu à caça da ex-faceira e acabou chumbado pelo amiguinho da moça. O inconformado tinha fama de brigão. No final do ano passado quebrou o Le Balcon ao encontrar a mulheruda com bigode de chope alheio. O dono do copo era um filé sem osso que muito freqüenta os outdoors da cidade. Só não acabou no distrito porque o ex-maridão era poderoso. Agora a coisa foi mais longe. O ex-corno, de arma em punho, foi tirar satisfação do novo amiguinho da moça. Tomou porrada e acabou chumbado.

Isa perguntou o que que diz? O mesmo que a outra, eu disse. Tem foto? Tinha, a foto da viúva, chorando. A foto tinha uma legenda: a viúva ficou muito bem de preto. Eu, a Isa e o Kid ficamos olhando a foto. A mulher era loura, bonita. Usava um vestido preto. Pelo menos parecia preto na foto. Brincos, batom e um cabelo daqueles de quem passou muito tempo num salão de beleza. Olhava para a câmera, preocupada em ficar bonita na foto, o queixo para cima, a boca mole. Aí bateu.

No recreio a Isa me perguntou se eu não queria estudar junto para a prova de biologia. Eu disse que podia ser, não disse que sim porque não sabia se ela tinha convidado o Kid também. Se ela tivesse convidado o Kid também talvez eu fosse, só para não deixar os dois sozinhos. Se bem que eu já fiz isso muitas vezes e acabo me irritando em ver a Isa se exibindo toda hora para o Kid, dando uns risinhos que ela normalmente não dá, mexendo no cabelo toda hora, dum jeito que ela normalmente não mexe, e mudando de lugar toda hora para sentar na frente do Kid. O que me deixa mais irritado é que ele não percebe nada disso.

Eu vi o Kid atravessando o pátio na nossa direção e comecei a falar do meu tio, só para ela não ficar falando de estudar biologia quando ele chegasse. Contei que a polícia estava examinando a arma e que o tiro tinha sido no peito do cara. Ela me perguntou se isso era importante e o Kid chegou e perguntou o quê? Eu contei outra vez que o tiro tinha sido no peito e de longe, o que significava que o cara estava de frente para o meu tio na hora do tiro. O Kid perguntou como eles sabem isso e a Isa respondeu isso é mole, o tiro de perto deixa marcas de pólvora e o Kid fez ah com uma cara idiota. A Isa me olhou com uma cara engraçada, apertando a boca e os olhos e olhando para o Kid e para mim com uma cara de que pergunta idiota. É uma cara bem fácil de fazer e eu ri, mas o Kid não prestou atenção em nada disso, estava olhando para os meus tênis. É novo? Eu respondi é. A Isa disse é legal. O Kid disse legal, parece tênis de negrão. Aí o Kid me olhou e disse desculpe. Aí eu e a Isa fizemos dãã quase ao mesmo tempo e o Kid ficou vermelho. Eu e a Isa começamos a rir e o Kid riu um pouco também. Aí a Isa perguntou se o Kid queria estudar biologia e eu parei de rir.

Cheguei em casa e minha mãe e meu pai estavam almoçando. Eu vi que alguma coisa tinha acontecido porque a televisão estava desligada. Eu disse o que foi? Minha mãe disse nada. Meu pai não disse nada. Aconteceu alguma coisa? Minha mãe não disse nada. Meu pai disse seu tio foi preso. Por quê? Eles examinaram a arma e não encontraram impressões digitais. Não encontraram? Não, nenhuma. Nem as dele. O imbecil limpou a arma antes de entregar para a polícia. E a mulher deu dinheiro para ele. E aí? Minha mãe disse que ele não ia ficar preso muito tempo. Meu pai disse não sei não. Minha mãe disse que o tio Éder tinha me mandado um abraço e que era para eu não me preocupar, que ia dar tudo certo.

Eu perguntei se eu podia visitar ele na prisão e o meu pai disse que achava que sim, que não tinha problema, mas a minha mãe disse que podia ser perigoso. Meu pai disse perigoso por quê? e minha mãe não disse mais nada mas fez uma cara de não sei.

Eu fui estudar biologia na casa da Isa. A prova era sobre tipos sangüíneos. O sangue é feito de muita coisa e a coisa principal são as hemácias. A Isa estava usando um short de jeans e sandália e uma blusa com umbigo de fora. As hemácias têm dois tipos de antígenos aglutinogêneos, o tipo A e o tipo B. O Kid perguntou o que era antígeno aglutinogêneo e a Isa disse que isso não ia cair na prova, era só saber que tinha dois tipos, o A e o B. O plasma do sangue tem dois tipos de anticorpos, o anti-A e o anti-B. Existem quatro tipos de sangue, o tipo A, o tipo B, o tipo AB e o tipo O. O Kid perguntou que tipo ó é esse? A Isa disse calma. O tipo A tem antígenos A e os anticorpos anti-B. O Kid perguntou vocês estão com fome? Eu disse estou. A Isa disse que o tipo AB tem os dois antígenos, A e B, e nenhum anticorpo. O tipo O não tem nenhum antígeno e tem os dois anticorpos, anti-A e anti-B. O Kid disse que estava com muita fome. A Isa disse que tinha pizza congelada e sorvete. Eu estou com fome, eu disse. Aí nós fomos para a cozinha.

A Isa tirou a pizza e o sorvete do freezer e botou os dois no micro, para esquentar a pizza e derreter um pouco o sorvete. O meu tio foi preso, eu disse. Então foi ele mesmo que matou o cara? A Isa disse claro que foi, isso ele mesmo disse. Ele foi preso porque limpou a arma antes de entregar para a polícia. E porque a mulher do cara depositou uma grana na conta dele, no banco. Quanto? Mil reais. Ele matou o cara por mil reais? Não, ele disse que foi o pagamento de um trabalho que ele fez para a mulher. Que trabalho? Uma assessoria de marketing. O que é isso? Sei lá. Ele vai ficar preso? Não sei. O microondas apitou e a Isa abriu para ver como estava. A pizza ainda estava fria e o sorvete já estava bem mole. Amoleceu demais. É. Até a gente comer a pizza, vai estar muito mole. É. Vamos comer o sorvete antes. Vamos. O Kid abriu o armário e pegou os pratos de comer sorvete e eu fiquei pensando como ele já sabia que os pratos de sorvete ficavam ali naquele armário. A Isa ligou o micro.

Vou visitar ele na prisão, eu disse. Querem ir junto? A Isa disse eu quero. O Kid disse tá louca? Por quê? Uma mulher na prisão? Qual o problema, eu disse. A maior parte das visitas é de mulheres. E se tiver um motim na prisão?, já pensou? Ela disse eu vou. Quando? Amanhã. Vamos. Vocês estão loucos.

Nós fomos. Meu pai deu dinheiro para ir de táxi, disse que o presídio era longe e num lugar meio perigoso, mas a Isa disse que o presídio era bem perto da casa da Francis, que é uma amiga dela da praia, e que ela sempre vai lá de ônibus e que a gente podia guardar o dinheiro do táxi para comprar um cedê original ou quatro piratas, que vendem na parada do ônibus. A gente resolveu comprar os cedês antes de ir para o presídio, o que foi uma burrice. Se eu soubesse como o presídio era longe e que a gente ia voltar de noite, tinha ido de ônibus e voltado de táxi e ainda comprado dois cedês.

Eu e a Isa tivemos que ficar numa fila mais

de meia hora, quase só de mulheres e crianças, tivemos que mostrar carteira de identidade e a Isa teve que abrir a bolsa. O cara do presídio fez uma cara muito estranha quando viu o estojo da Isa, um estojo cor-de-rosa, parecendo uma coisa peluda só que de borracha. Ele abriu o estojo e viu que tinha clipes, borracha e uma caneta do pokemon. Ele perguntou o que é isso? Uma caneta do pokemon. Tem que deixar aqui. Por quê? Porque dá para matar alguém com isso. Eu e a Isa fizemos uma cara de quem nunca tinha pensado que fosse possível matar alguém com uma caneta do pokemon, mas ela deixou a caneta e nós entramos. Ele deixou ela entrar com a bolsa, que tinha os quatro cedês.

Eu já vi presídios na televisão muitas vezes, quase sempre de helicóptero, ou meio de longe. Uma coisa que eu nunca tinha pensado é que o cheiro não fosse muito bom. Um monte de homem preso, misturado com um negócio branco que eu vi eles lavando o chão, misturado com cheiro de lavanderia, comida e mijo.

Nós sentamos numa sala com outras pessoas, atrás de um balcão enorme, e a Isa me perguntou se eu achava que dava para matar alguém com um cedê. Eu disse que achava que não, só se o cedê fosse muito ruim, e ela riu. Uma mulher olhou para nós, com cara de choro, e a Isa parou de rir. Eu disse que achava que ia ter um vidro ou uma grade separando a gente dos presos, para que nenhuma visita pudesse passar alguma arma ou caneta do pokemon pros presos, mas não tinha. O tio Éder entrou e eu vi que ele estranhou a Isa junto comigo.

Oi, Duca.

Eu disse oi. Ele olhou para a Isa, eu disse essa é a Isa, minha amiga. Eu convidei ela para vir junto. Ele riu.

Tudo bem?

Ela disse tudo e o tio Éder olhou para mim. Eu disse que o pai e a mãe tinham mandado um abraço e perguntei como é que ele estava.

Tudo bem. A comida é horrível, mas tudo bem. E você?

Eu disse que tudo bem também.

E o colégio?

Eu disse tudo bem e ele olhou para a Isa que disse tá legal. Eu perguntei se ele estava precisando de alguma coisa. Ele me olhou um pouco, depois olhou para a Isa e depois me olhou de novo.

Você me faz um favor?

Eu disse faço, o quê?

Manda um recado para a Íris?

Eu perguntei quem é a Íris e a Isa respondeu é a mulher do cara. Aí o meu tio olhou para a Isa com uma cara meio estranha e ela também fez uma cara meio estranha e se afastou um pouco do balcão.

Mas não conte nada para o seu pai.

Eu disse tudo bem.

Diz para ela ficar tranqüila. Diz que é para ela não vir aqui me visitar, de jeito nenhum. Diz que eu estou bem e que é para ela ficar tranqüila que vai dar tudo certo. Você diz?

Eu disse que sim, mas que eu não tinha o endereço. Ele me deu o endereço, mas eu não tinha como anotar, e a Isa contou que teve que deixar a caneta e eu tive que decorar, rua Gaspar Martins, setecentos e oito, bloco um, cobertura dois. O meu tio disse mais alguma coisa mas eu não prestei muita atenção, estava tentando decorar o endereço, rua Gaspar Martins, setecentos e oito, bloco um, cobertura dois.

A gente saiu e eu perguntei para a Isa se ela lembrava o endereço e ela disse que sim, que era sete zero oito, bloco um, cobertura dois, rua Gaspar Martins. Eu tinha decorado ao contrário, com o nome da rua na frente, e a Isa disse que a gente tinha que pegar o ônibus tê sete para ir direto para o centro, que o tê oito ia deixar a gente longe de casa. Eu tentei não me esquecer da rua Gaspar Martins setecentos e oito e apareceu o ônibus tê oito, bloco um, e a gente correu, cobertura dois e conseguiu pegar o ônibus. Já tinha andado umas três paradas quando a Isa lembrou da caneta do pokemon.

Eu preferia não ter descido do ônibus, aquele lugar não era nem um pouco interessante de caminhar, sem calçada e com umas casas horríveis. Eu disse que podia pegar a caneta na semana que vem, na próxima visita, mas a Isa disse tá louco, imagina se eles vão guardar a minha caneta. Aí a gente caminhou bastante, quase sem falar, até o presídio. A gente ainda teve que dar uma explicação enorme para conseguir entrar de novo e pegar a caneta, o homem disse que a gente devia ter pego antes de sair, a Isa disse que não sabia e entrou. Eu fiquei olhando aquelas mulheres com filhos pequenos, quase todas meio feias, até que eu achei uma que era muito gostosa e a Isa saiu com a caneta.

Já estava escurecendo e o ônibus demorou para vir e eu me dei conta que se não tivesse comprado os cedês podia pegar um táxi. Aí a gente resolveu ver os cedês na parada e foi uma péssima idéia. Três caras chegaram e ficaram olhando para a Isa e para os cedês. Aí um dos caras disse olha quantos cedês. Dá um para mim? A Isa só olhou para o cara e não disse nada. Aí o cara disse me dá um, você tem muitos. Aí a Isa disse vai se catar e saiu correndo.

Eu fiquei parado um pouco, não imaginei que ela ia ir sair correndo. Os três caras ficaram me olhando e rindo. Eu vi a Isa correndo e resolvi correr atrás. Ainda ouvi os caras rindo muito, mas não ouvi eles correndo atrás de nós. A gente correu umas quatro quadras, até a Isa encostar num muro. Eu cheguei perto, me encostei também, mas a gente não conseguia falar nada, só conseguia respirar. Apareceu um ônibus e a Isa quase se atirou no meio da rua. O ônibus parou e ela entrou correndo, eu entrei atrás. Sentamos lá no fundo, respirando, eu nem sabia que ônibus era e para onde estava indo. Aí a Isa fez uma cara de susto e se levantou. Eu olhei para a frente e vi os três caras dentro do ônibus, apontando para nós e rindo. A Isa começou a bater na porta e a gritar abre, abre. O cobrador gritou tá louca, mas ela nem ouviu e continuou gritando, abre, abre. O ônibus parou, todo mundo olhando para nós, os caras rindo, e a porta do fundo abriu. A Isa desceu correndo e eu desci atrás.

Não tinha a menor idéia de onde eu estava, que rua era aquela. A Isa disse puta que o pariu e fez sinal para outro ônibus e esse eu vi que era o tê sete. O ônibus parou e a gente entrou correndo, sentou no fundo, respirando. Aí eu perguntei para a Isa se ela ainda lembrava do endereço da mulher. Ela perguntou que mulher? Eu não lembrei o nome da mulher do cara que o meu tio matou, muito menos o endereço.

Eu contei para a minha mãe que o tio Éder estava bem e que a gente tinha ido de ônibus para comprar quatro cedês com o dinheiro do táxi, mas não contei a história dos três caras. Ela perguntou quanto o meu pai tinha dado para o táxi, eu disse trinta reais e ela perguntou se dava para comprar quatro cedês com esse dinheiro. Eu disse que os cedês eram piratas e ela disse que achava um absurdo eu comprar cedês piratas, que os artistas não ganhavam nada com os cedês piratas e eu disse que achava que o Bob Marley e o John Lennon não estavam precisando dos meus trinta reais. Ela disse que os filhos deles podiam estar precisando, mas eu continuei achando que não estavam, mas não disse nada.

Meu pai chegou e viu os cedês e perguntou se eu já não tinha aquele disco do Bob Marley e eu disse que não, só tinha uma coletânea com algumas músicas deste mas outras não. Ele achou que eu tinha feito uma ótima compra e contou que o tio Éder ia ter que aguardar o julgamento na cadeia porque ele não era réu primário. Eu perguntei por que e o meu pai disse que ele tinha sido preso uma vez, mas por uma bobagem. Eu perguntei que bobagem e ele disse uma briga, eu também briguei, mas ele disse que foi só ele, para livrar a minha cara. Ficou preso uns dias. E agora, eu perguntei. Agora eu não sei. Pode demorar, ele disse, e perguntou como eu tinha ido na prova de biologia. Eu disse fui bem.

Eu ouvi a Isa contar a história do assalto umas oito vezes. Primeiro ela disse que os caras correram atrás de nós. Depois ela disse que achava que eles tinham uma faca e depois que eles tinham uma faca. Eu não quis desmentir nada, ela estava se divertindo contando uma história que tinha acontecido só com ela e comigo, sem o Kid, e eu estava achando muito bom aquilo render bastante. Mas quando ela disse eram quatro caras, eu disse três, assim meio sem querer. Ela disse quatro, com uma cara de irritada. Eu também me irritei e disse três. Ela disse que tinha outro cara na parada e que não fez nada para impedir o assalto, devia estar com eles.

Eu disse o cara estava só esperando o ônibus e ele nem viu que era um assalto, por isso não fez nada. E eu mesmo não achei que era um assalto. Ela disse foi por isso que você também não fez nada? Eu fiquei puto e disse que ela tinha saído correndo feito uma louca só porque um cara tinha pedido para ela um cedê. Ela disse é bom saber que você não acredita em mim e eu não entendi nada.

Na saída eu vi a Isa conversando com o Kid e cheguei perto. Ela me viu e parou de falar. Eu fiquei meio sem graça mas não quis sair, ia parecer que a gente tinha brigado e eu não queria deixar ela falando mal de mim para o Kid. Eu disse que tinha lembrado o nome da mulher, Íris, da rua, Gaspar Martins, do bloco um, cobertura dois, mas não lembrava do número do prédio. Ela disse nem eu. Eu disse que ia encontrar a mulher, procurar todos os prédios da rua que tivessem dois blocos. Ela disse boa sorte e o Kid disse eu vou com você. Eu vi que a Isa ficou de cara que o Kid se ofereceu para ir comigo. Ele ia ter uma história para contar sem ela e ela ia ficar morrendo de inveja, mas agora ela não podia voltar atrás tão rápido e dizer que também queria ir. Eu disse ótimo, e a gente marcou de procurar de tarde.

A rua Gaspar Martins era grande, tinha muitos prédios que podiam ter dois blocos. Eu achava que o número terminava com oito e fui caminhando pelo lado par, o Kid foi pelo lado ímpar. Eu perguntei para vários porteiros se ali morava uma senhora chamada Íris, no bloco um, cobertura dois, até que um porteiro que estava molhando a grama me perguntou por quê. Eu disse que era sobrinho de um amigo dela e precisava falar com ela. Ele disse só um momento, como é seu nome? Eu disse meu nome e fiz sinal para o Kid. Ele atravessou a rua correndo e o porteiro perguntou se ele estava comigo e eu disse sim. O porteiro tocou no interfone, esperou bastante até ela atender. Aí ele disse que o Luis Eduardo, sobrinho do seu Éder, queria falar com ela. Ele baixou o telefone e perguntou Éder de quê? Eu disse Éder Fragoso, ele disse Éder Fragoso, desligou e disse tudo bem, pode subir.

Eu e o Kid saímos do elevador numa salinha, com um vaso enorme e um quadro. Eu não encontrava a luz, alguém chamou o elevador e a gente ficou no escuro total, procurando a luz. O Kid tropeçou em alguma coisa, fez um barulhão. Eu fui ajudar, tropecei na coisa e me segurei no vaso, que virou e derrubou água por cima de nós antes de quebrar. Aí alguém abriu a porta.

Ela estava de biquíni, um biquíni com florzinhas, toda molhada, com uma toalha na mão. Eu nunca tinha visto uma mulher daquelas de perto. Ela ficou parada na porta e eu imaginei entre os pés dela, na poça d'água que se formava no mármore branco, o calendário de fevereiro.

Eu detestava este vaso.

Eu disse desculpe, a gente ficou no escuro.

Sério. Eu detestava este vaso. Ele também é sobrinho do Éder?

Não, eu disse, só eu. Ele é meu amigo, o nome dele é Kid.

Achei estranho o Éder ter um sobrinho tão grande. Querem entrar?

Não, eu disse. A gente só veio trazer um recado do tio Éder.

Qual é o recado?

Ele disse que é para a senhora ficar tranqüila.

Senhora?

Para você. Para você ficar tranqüila. Que ele está bem. Que não é para você visitar ele, de jeito nenhum. E que vai dar tudo certo.

Que bom.

Aí eu ouvi um barulho no apartamento e dei uma olhadinha. Vi só as pernas de um cara, de calção preto, descendo uma escada que devia vir da piscina, na cobertura.

E o que mais?

Só isso. Desculpe pelo vaso.

Nada.

Ela acendeu a luz da salinha e fechou a porta. Eu chamei o elevador.

Eu e o Kid deixamos um rastro de barro no elevador e no tapete da portaria. O porteiro estava molhando a grama e a gente caminhou rapidinho até o portão do prédio. Só que o portão estava fechado e o porteiro teve que ir na portaria para abrir e ia ver o tapete sujo de barro antes de abrir o portão. Uma mulher estava entrando de carro no prédio e começou a abrir o portão da garagem. Eu e o Kid saímos correndo na direção do carro, nos abaixamos para passar pelo portão. Eu quase caí e tive que me apoiar no carro da mulher e ela se assustou e começou a buzinar e resolveu acelerar para entrar logo na garagem. Só que a porta não estava toda aberta e ela entrou raspando todo o teto do carro. O porteiro gritou, mas a gente já estava quase na outra esquina.

Eu ouvi o Kid contar a história do vaso e da porta da garagem umas trinta vezes. Cada vez que ele contava a Íris ficava mais gostosa, até que ela virou a mulher mais gostosa do mundo bem na hora em que a Isa estava chegando, e ela ouviu e perguntou quem. Aí ele contou outra vez a história toda, falando mais do carro da mulher raspando no portão da garagem, sem descrever tanto a namorada do meu tio. Aí o Kid saiu e eu e a Isa ficamos parados, meio sem assunto. Aí eu perguntei se podia contar um segredo, que é a pergunta com mais chance de ouvir um sim que existe, e ela disse pode, claro. E eu contei do cara de calção preto, que eu vi mas não falei para o Kid. Ela perguntou e aí e eu disse que era óbvio que o cara era namorado da mulher e que eu não sabia se o tio Éder sabia que ela tinha um namorado, mas achava que não. E que eu não sabia se contava para ele. Ela disse é melhor contar e eu disse que achava que sim, mas que eu ia ver.

Pensei em perguntar para a minha mãe se eu devia ou não contar para o tio Éder, mas aí eu teria que contar da visita, e a minha mãe certamente falaria para o meu pai, que certamente ia dar um esporro no tio Éder por me mandar falar com a mulher, e eu tinha prometido para ele não contar nada para o meu pai.

Voltei no presídio, sozinho, de táxi. O tio Éder estava com um corte de cabelo meio estranho e tinha uma ferida perto do olho. Eu perguntei o que foi isso?

Nada. Bobagem. E aí? Deu o recado?
Eu disse que sim.
E ela?
Ela disse que bom.
Que bom? Foi isso que ela disse?
Foi, eu disse.
Mas ela estava como?
Como assim?
Estava bem? Estava, estava ótima. Ótima? Bem. Estava bem. Ela é bonita, não é? É, muito bonita. Como é que ela estava vestida? Eu me lembrei do biquíni com florzinhas e disse não reparei. Você disse para ela não vir me visitar de jeito nenhum? Disse. E ela? Disse que tudo bem. Eu tenho medo que ela faça alguma bobagem. Eu fiquei quieto, pensando que o meu pai tinha razão, o tio Éder é mesmo um idiota. Você deve estar pensando que eu sou um idiota, não está?

Eu disse não, claro que não.

Vai dar tudo certo. O marido dela era um imbecil, violento. Já brigou na rua com um monte de gente. Ele não aceitava a separação. Foi na minha casa, armado. Eu não tenho arma, nunca tive, nunca dei um tiro na minha vida.

Eu disse só um.

Qual?

Esse tiro.

Ah. Pois é, foi o primeiro.

Eu perguntei por que ele tinha limpado a arma.

Pois é. Foi besteira, uma bobagem. Vai dar tudo certo.

Eu perguntei por que ele não tinha ligado para a mulher.

Quando?

Quando ele atirou no cara, no marido dela. Por que ele não ligou para a mulher?

Não quis dar a notícia por telefone.

Eu disse sei e perguntei se ele estava precisando de alguma coisa.

Não. Sua mãe me mandou tudo, pasta de dente, sabonete, toalha. Vai dar tudo certo.

Eu disse claro, eu já vou.

Tchau. Se cuide.

Eu disse você também e saí e voltei para casa, de táxi.

Não foi ele, eu disse. A Isa disse como assim? Não foi o meu tio que matou o cara. Quem foi? Foi ela. A Íris? É. Ele disse para você? Não, ele disse que foi ele. E como você sabe que foi ela? Saber eu não sei, mas tenho certeza que foi. Por quê? Ela devia estar lá quando o cara chegou, armado. Eles brigaram, ela pegou a arma e atirou. Meu tio mandou ela para casa. Foi por isso que ele limpou a arma. E foi por isso que ele não ligou para ela avisando que o cara estava morto. Ele vai para a cadeia por causa dela? Ele acha que não vai para a cadeia, que foi um acidente, legítima defesa, sei lá. Ele deve ser louco por ela. Ele acha que ela é louca por ele. E não é? Não parece. E aí? E aí o quê? O que você vai fazer? Não sei. Não tem como provar que foi ela? Acho que não, ainda mais o meu tio dizendo que foi ele, só se ele contar. Ele não vai contar. Se ele soubesse que ela tem outro cara, talvez ele contasse. E como ele vai saber? Você vai contar? Não, ele é um idiota, não vai acreditar. E aí?

A idéia de contratar um detetive foi dela, mas quem escolheu fui eu, pela internet. O slogan dos caras era bom: "Para que ter dúvidas? Tenha certeza". A Isa implicou porque estava escrito "provas concretas sobre infidelidade conjugal através de filmagens, fotos e gravações em gerais", assim mesmo, "gravações em gerais". Eu disse que o detetive não precisava ser nenhum gênio e o preço era a combinar, "de acordo com as possibilidades do cliente", e a primeira consulta era grátis, sem compromisso. A Isa quis ir junto, mas eu disse que não, de jeito nenhum, podia ser perigoso e ela concordou mais rápido do que eu esperava e eu pensei se podia ser perigoso mesmo. Era um prédio no centro, a secretária achou estranho eu estar procurando uma agência de detetives mas mandou eu entrar logo.

O cara disse muito prazer, Cícero, e me mandou sentar e perguntou qual era o assunto. Eu disse que o meu tio estava preso e que queria saber se a namorada dele tinha outro namorado. Ele me perguntou se o meu tio é que tinha pedido para procurar um detetive e eu disse que não, que ele nem sabia. Ele me perguntou quem iria pagar. Eu perguntei qual era o preço, ele disse que era quinhentos, e eu disse então não dá, obrigado. Aí ele perguntou quanto eu podia pagar e eu disse no máximo duzentos, me lembrando que eu tinha duzentos e que se ele pedisse mais a Isa tinha dito que tinha cinqüenta e podia me emprestar. Ele riu mas eu não. Ele ficou me olhando um pouco e disse que tudo bem, poderia fazer uma investigação preliminar por duzentos, mas que se a coisa demorasse a gente ia ter que conversar sobre preço outra vez e que eu precisava pagar cem adiantado. Eu fiquei pensando o que seria uma investigação preliminar, mas disse só tudo bem.

Eu quis pagar os cem, mas ele disse para eu pagar para a secretária e para eu voltar na semana que vem. Eu paguei cem para a secretária, que disse que esse preço era sem nota, e eu disse tudo bem e saí.

A Isa me perguntou dez mil coisas sobre o detetive, a sala do detetive, a roupa do detetive, mas eu não consegui me lembrar de quase nada e inventei um pouco. Disse que ele era meio gordinho e usava a camisa para dentro da calça, com um cinto. Ela me perguntou como era o cinto e eu disse que era preto, com uma fivela dourada, mas eu acho que inventei isso. Ela me perguntou tudo sobre a secretária do detetive, roupa, cabelo, nome, unha, sapato, batom, mas eu só me lembrei dum colar de bolas brancas e inventei o resto. Ela disse que da próxima vez ela ia junto de qualquer jeito. Eu disse que tudo bem.

O Kid chegou e a gente quis mudar de assunto, mas não tinha outro assunto, e o Kid ficou nos olhando e perguntou o que foi? Eu e a Isa dissemos nada quase ao mesmo tempo e ficou estranho. Como assim, nada, ele disse. Do que vocês estavam falando? Da prova de biologia, ela disse. O Kid ficou puto porque caiu na prova o que era antígeno aglutinogêneo e a Isa tinha dito que não ia cair e ele foi mal. Ela disse que só tinha uma pergunta disso e que ele tinha ido mal porque não tinha estudado nada.

A Isa foi comigo na agência de detetives. Desta vez eu prestei mais atenção na secretária, a gente teve que esperar um pouco. Ela era bonita, ou tinha sido bonita há algum tempo e ainda era um pouco. Estava lendo um livro chamado *Competição Num Mundo Globalizado* e a Isa perguntou se ela gostava de livros policiais. A mulher disse que não muito e a Isa não perguntou mais nada. O Cícero abriu a porta e saiu um homem com uma cara de quem não dormia há bastante tempo e nos olhou e olhou para o Cícero, que não disse nada. O homem saiu e nós entramos.

O Cícero sentou e disse essa foi bem fácil e largou um envelope na mesa. Eu perguntei o que é isso e ele disse fotos. Sua tia é um foguete. Eu fiz uma cara de quem não estava entendendo muito bem e ele disse na piscina da cobertura, beijinhos e outras cositas más. Eu fiquei olhando para ele e a Isa foi com a mão para pegar o envelope e eu segurei a mão dela. É melhor a gente não pegar, eu disse. Ela perguntou por quê? Eu disse que as nossas impressões digitais iam ficar no envelope e nas fotos e era melhor não pegar. O Cícero riu e perguntou se eu gostava de livros policiais. Eu disse que sim, um pouco.

Ele disse, quer que eu mande as fotos pro seu tio? Eu disse que sim, que achava melhor. A Isa perguntou se eu não ia querer ver as fotos com uma cara de pega esse envelope e vamos embora. Eu disse não, não quero. Ele perguntou qual o nome do meu tio e onde ele estava preso e eu disse. A gente saiu da sala e a Isa disse que não ia dar cinquenta reais se ela nem podia ver as fotos. Eu disse que tudo bem, que eu pagava sozinho. A Isa saiu, eu paguei e saí. Acho que se o elevador não tivesse demorado ela nem tinha me esperado, desceu no elevador sem dizer uma palavra e pegou outro ônibus sem nem dizer tchau.

Eu saí no pátio e vi a Isa e o Kid sentados, um de frente para o outro, bem perto, e o Kid estava segurando as mãos dela. E olhei para o outro lado e vi o carro da minha mãe parado em fila dupla, com o pisca alerta piscando, e abanei e gritei bem alto já vou. Aí eu olhei para a Isa e o Kid não estava mais segurando as mãos dela, ela estava de braços cruzados e o Kid me abanou e eu abanei e ela baixou a cabeça.

O disco do John Lennon era muito bom, mas a música que eu mais gostei era stand by me e estava pulando no fim. Peguei a letra na internet e traduzi com um programa de computador.

Quando a noite está vindo e a terra está escura e a lua é a única luz nós vemos não eu não vou ter medo não eu não vou ter medo já que você está a postos por mim, a postos por mim e querida, querida, a postos por mim, oh, agora, agora, a postos por mim, a postos por mim, a postos por mim se o céu que nós olhamos acima deve desmoronar e cair e a montanha deve esmigalhar-se no mar eu não vou chorar, eu não vou chorar não, eu não vou choupana uma lágrima já que você está a postos, a postos por mim e querida, querida a postos por mim, oh, a postos por mim, a postos por mim, a postos por mim, a postos por mim, quando quer que você está em problemas você a postos por mim, oh, agora, agora, a postos por mim.

O telefone tocou e era a Isa. Oi, ela disse, o que você está fazendo? Estou ouvindo música. Posso ir aí? Agora? É. Pode. Eu arrumei um pouco o quarto, guardei umas revistas no guarda roupa, abri a janela e ela chegou.

Ela ficou sentada um pouco na minha cama, olhando os discos. Eu quero contar uma coisa pra você, ela disse. Fala. Eu e o Kid, a gente está namorando. É? Legal. Ela disse é. Eu não vou choupana uma lágrima. A minha mãe bateu na porta e eu disse entra. Vamos jantar? A Isa disse eu já vou, e a minha mãe disse janta conosco, você gosta de pizza?

Eu fiquei torcendo para ela dizer que não, que tinha que ir embora, mas ela disse gosto e a minha mãe disse então vamos.

O meu pai ficou contando um filme que ele viu e a Isa disse que tinha visto um pedaço do filme e eu fiquei olhando para a televisão sem som. Aí o porteiro eletrônico tocou e a minha mãe atendeu, disse pode subir com uma cara muito estranha. É o Éder, ela disse. O Éder? É, ele está subindo. Meu pai levantou para abrir a porta e o tio Éder entrou. Minha mãe disse eba e deu um abraço nele, mas ele estava com uma cara horrível.

Oi.

Minha mãe disse que maravilha, senta, quer jantar, e o meu pai disse o que aconteceu?

O Rogério conseguiu um habeas corpus.

Que ótimo, minha mãe disse. Meu pai disse até quando?

Acho que até o julgamento. Se eu não voltar para lá antes.

Vai dar tudo certo, o importante foi sair de lá, minha mãe disse. Tem que pagar o Rogério, meu pai disse, e a minha mãe disse o Rogério é amigo, e o meu pai disse por isso mesmo.

Não fui eu.

O quê?

Não fui eu que matei o cara. Foi ela.

Quem?

A Íris. Ela estava lá quando o cara chegou. A gente brigou, eu tirei a arma dele, dei para ela, ela atirou e matou o cara.

Puta que o pariu, meu pai disse. Minha mãe disse você já contou para a polícia?

Ainda não. Primeiro eu vou matar ela. Ela e o namorado.

Calma, meu pai disse. Minha mãe olhou para mim e para a Isa e a Isa disse eu já vou, mas aí o meu tio começou a gritar.

Eu estava preso por causa dela e ela já tem outro cara, você acredita?

Calma, meu pai disse.

Tio Éder levantou e a Isa tocou no meu braço, e só aí que eu vi que o tio Éder tinha na mão o envelope do detetive, com as fotos. Ele abriu o envelope e escolheu uma foto e deu para o meu pai.

Essa é a única que pode mostrar para as crianças. Eu vou matar essa mulher.

Meu pai deu uma olhada na foto, a Isa tentou dar uma espiada mas não deu, minha mãe pegou a foto e disse calma. Tio Éder se levantou.

Calma um cacete.

Tio Éder abriu a porta e saiu, meu pai saiu atrás dizendo tá louco, fica quieto, calma, mas o tio Éder chamou o elevador. Minha mãe ficou olhando a foto. Tio Éder entrou no elevador e meu pai ficou dizendo volta aqui, mas ele foi. Meu pai voltou dizendo é um imbecil e eu disse deixa eu ver a foto. Minha mãe disse melhor não, e meu pai disse tudo bem, a foto não tem nada. Minha mãe deu a foto e a Isa veio olhar também. A foto não tinha nada de mais mesmo. A mulher estava só com a parte de baixo do biquíni, mas estava de costas, na piscina. E o Kid estava de calção.

Eu fiquei olhando a foto, o Kid de calção, a mulher de biquíni, sem coragem de olhar para a Isa. Ela também não me olhou e largou a foto e disse eu já vou, e eu disse calma. Ela disse tenho que ir, e eu disse calma, ela disse eu tenho que ir, eu disse vamos telefonar para o Kid. Ela me olhou e disse é mesmo, e nós fomos para o quarto.

Eu liguei para a casa do Kid e a mãe dele disse que ele não estava. Eu perguntei onde ele tinha ido e ela disse que não sabia e eu desliguei. Eu disse para Isa que a gente tinha que ir lá e ela perguntou lá onde? Na casa da mulher, para avisar o Kid, se ele estiver lá. O tio Éder vai matar ele. Azar o dele, ela disse. Eu disse não, a gente tem que ir lá, eu vou. Ela disse, tá certo, eu vou, e a gente foi.

Ela não tinha dinheiro para o táxi, nem eu, e a gente foi de ônibus, que demorou bastante. Quando a gente chegou no prédio, tinha um carro da polícia e uma ambulância parados na porta e me deu um frio na barriga. Eu toquei no botão que dizia portaria e o porteiro apareceu na porta. Ele ficou me olhando com uma cara de quem já me conhecia e não lembrava de onde, mas não devia ser boa coisa. Eu disse que precisava falar com a dona Íris, mas ele disse que não ia dar. Eu perguntei por que e ele disse se eu era parente dela, e a Isa disse que sim, que eu era o sobrinho dela. Ele disse que um doido tinha entrado no apartamento e que a polícia estava lá e que era melhor eu telefonar ou voltar mais tarde. Eu disse que tudo bem e um carro chegou e abriu o portão da garagem. Era a mesma mulher do outro dia, o carro estava um pouco amassado em cima e eu baixei a cabeça para ela não me ver. A mulher pediu para o porteiro ajudar com as compras e entrou na garagem e o porteiro entrou atrás. Quando eu vi, a Isa já tinha corrido para dentro do prédio, o portão estava baixando e eu quase tive que me deitar para entrar atrás.

A gente chegou na cobertura, tinha um policial na porta, aberta. A Isa disse o que aconteceu, e o policial perguntou onde? A Isa disse ele é sobrinho da dona Íris e a gente queria saber o que aconteceu com ela, o porteiro falou que um doido tinha entrado no apartamento. Ele disse pode entrar e a gente entrou.

Tinha mais uns quatro ou cinco policiais na sala. O tio Éder estava sentado numa cadeira, com a boca inchada, algemado. A Íris estava sentada, cara de choro e um olho meio roxo, nariz sangrando. Um outro cara estava sendo atendido por um médico. O médico saiu da frente e não era o Kid, era um fortão, que eu nunca tinha visto. O tio Éder me olhou.

O que vocês estão fazendo aqui?

Eu disse nada, só viemos ver se você precisava de alguma coisa.

Não. Eu estou bem. Podem ir embora.

A Isa disse vamos e a gente saiu. O porteiro perguntou como foi que nós tinhamos entrado e a Isa disse entrando, e a gente saiu.

O meu pai contou que o tio Éder chegou batendo nos dois e acabou levando uma surra do irmão da Íris, que era aquele outro cara. O tio Éder voltou para o presídio, pelo jeito vai ficar lá até o julgamento. O meu pai teve que pagar o advogado e ficou puto. O tio Éder não mostrou as fotos para a polícia, não contou nada, não disse que foi ela que atirou. A Íris agora visita o tio Éder no presídio toda a semana. Minha mãe disse que eles estão apaixonados, falando até em filho e casamento. Meu pai disse que o tio Éder é uma besta quadrada.

O Kid me perguntou o que tinha acontecido com o meu tio. Eu disse que ele tinha ido lá no apartamento da Íris e dado uma surra no amante dela, quase matou o cara, e que agora eles iam se casar. Ele disse puta que o pariu e não falou mais da mulher ou do meu tio. A gente nunca descobriu como é que o Kid foi parar na piscina da mulher, nem tinha como perguntar sem dizer para ele que a gente tinha visto a foto.

Ontem a Isa me convidou para estudar matemática, mas a gente quase não estudou nada, ficou falando do meu tio, da mulher e do Kid, e ela me disse que tinha terminado o namoro, que o Kid era um idiota. Eu disse que pena. Ela perguntou se eu achava mesmo que era uma pena. Eu disse que não, que não achava uma pena, que achava ótimo. Ela me olhou e riu. Eu ri também. A gente se beijou. E pronto.

PLANTA BAIXA

Apartamento, dois quartos, sendo um suíte, sala para dois ambientes, cozinha e dependências. Sem garagem. Perfeito, disse a Clarinha. Barato, concordou o João. Não tem garagem, lembrou a Clarinha. João lembrou: não temos carro.

Em janeiro saiu o habite-se e foi o que eles fizeram. João usava o outro quarto de escritório. Clarinha montou a casa. Mesa redonda. Sofá, poltronas. Deocleciana, das nove às cinco da tarde. Quase sempre almoçavam em casa. No começo. Depois mudou.

João tinha muito serviço, quase não vinha almoçar. Deocleciana andava distraída. Engravidou. Um dia Clarinha pensou: para que esta parede? Juntou sala e escritório. Trocou a mesa, retangular. Para que tanta mesa? Espaço para mais gente. Que gente? Ninguém vem aqui. Nem você!

Brigaram. Depois fizeram as pazes. E Clarinha engravidou. Volta a parede do quarto, parte dos livros para a sala, o resto para o quarto da empregada. Grade na janelas é ruim, mas é melhor, o Lucas não pára. E não pára de crescer, precisa de cama nova.

Deocleciana deu pra ler. Está saindo mais cedo, voltou a estudar. A casa ficou pequena, eu preciso de um escritório. Melhor alugar. Você não aparece em casa. Muito serviço. E você? O de sempre. Um dia João não voltou para casa. Depois apareceu, nem precisava dizer nada. Foi embora.

Clarinha pintou a casa, mudou a mesa. Redonda. E conheceu o Silveira. O Silveira é engraçado. Deocleciana arrumou um emprego, mas a filha dela ajuda. Só não sabe cozinhar.

Silveira quer se mudar, comprou um apartamento na planta. Todo em tabuão, living amplo, sacada com churrasqueira, três quartos, um para eles, um para o Lucas, um pode servir de escritório.

Botaram o apartamento à venda, tiveram que pintar e passar sinteco na sala. Um casal se interessou. Ricardo e Regina, sem filhos. Ricardo quer tirar a parede, juntar a sala e o segundo quarto. Barato, disse a Regina. Ricardo disse: perfeito.

LATA

Maria Eduarda e Henrique estão juntos há dois anos. Ela não o agüenta mais, mas tem preguiça de desmanchar o namoro. Naquela tarde, Henrique diz a ela que precisam conversar. Ele gosta muito dela, mas está em crise, precisa ficar sozinho uns tempos e quer terminar o namoro. Ela se esforça para não parecer feliz demais com a idéia, diz que tudo bem, eles podem continuar amigos. E vai para casa comemorar a liberdade com morangos e creme de leite.

A lata de creme de leite semi-aberta escorrega no balcão da pia e a tampa de metal faz um corte profundo no pulso de Maria Eduarda. O creme de leite e o sangue se misturam no chão da cozinha. Maria Eduarda tenta limpar a sujeira enquanto improvisa um torniquete com um pano de prato. O sangue jorra de seu pulso. Maria Eduarda sai de casa e caminha apressada até o pronto-socorro, felizmente a poucos metros de sua casa.

A mãe de Maria Eduarda a encontra no saguão do pronto-socorro. Está tudo bem, só levou alguns pontos, está um pouco tonta porque perdeu sangue. Mostra o pulso enfaixado e explica o que houve, fala da lata de creme de leite. A mãe pergunta onde está o Henrique. Maria Eduarda diz que acha que ele está na casa dele. Percorrem o caminho de casa em silêncio.

O pai de Maria Eduarda senta ao seu lado, na cama. Pergunta se ela quer mais suco. Ela não quer. Pergunta se ela quer conversar com ele sobre o que aconteceu. Ela diz que já contou tudo que havia para contar. Se ela quiser conversar, é só chamar. Claro, ela diz.

Todos os colegas perguntam o que houve. Ela conta da lata de creme de leite. A Crica não parece acreditar muito na história. E pergunta se é verdade que o Henrique terminou com ela. Ela diz que sim. E todos ficam em silêncio.

A professora chama Maria Eduarda para conversar, depois da aula. Pergunta se ela está bem. Ela diz que está ótima, não foi nada. A professora sugere a ela que converse com a professora Cíntia, do SOE. Maria Eduarda pergunta para quê? Só para conversar, diz a professora.

A professora Cíntia é muito amável, simpática, oferece uma coca diet. Maria Eduarda diz não, obrigada. A professora Cíntia começa a falar sobre a adolescência, sobre o futuro. Diz que a vida de Maria Eduarda está apenas começando, que ela ainda vai conhecer muitos lugares e muitas pessoas diferentes e interessantes. E que na adolescência a gente é sempre muito dramática. Ela, pelo menos, era. Conta que uma vez quebrou todos os vidros do quarto numa briga com a mãe por causa de um namorado e que a mãe teve que chamar um vidraceiro e o vidraceiro era um gato e ela esqueceu do namorado, não lembra mais nem o nome. Mas lembra do vidraceiro. Maria Eduarda acha engraçada a história e pergunta se pode ir para casa. A professora Cíntia diz que sim, e que se ela quiser conversar é só chamar.

Maria Eduarda chega em casa e Henrique está lá, com a mãe dela, na sala. Maria Eduarda diz oi, o que você está fazendo aqui? Henrique diz que passou só para visitar, que queria saber se ela estava bem. Ela diz que está ótima e sobe para o quarto.

Maria Eduarda acorda no meio da noite, com a tevê ligada. Levanta e desliga. O pulso lateja e ela tem muita sede. Maria Eduarda vai até a cozinha. Pega uma caixa de suco na geladeira. Abre a gaveta do armário com cuidado para não fazer barulho e pega uma faca para abrir a caixa de suco. Não faça isso!, grita sua mãe, na porta da cozinha. Maria Eduarda leva um susto e deixa cair a caixa de suco. A mãe corre e a abraça, chorando. Minha filhinha, nós amamos você tanto, ela diz. Maria Eduarda diz, eu sei mãe, eu só queria tomar um suco. E a mãe diz, vai deitar, minha filha, eu levo para você.

Maria Eduarda entra na sala de aula e todos param de falar. Ela olha para Crica, que desvia o olhar. Maria Eduarda senta. A professora ainda não chegou. Crica se aproxima e pergunta se ela sabe que o Henrique está namorando a Rita Meneghetti, da 202. Se ela não sabe é melhor saber logo, que ela só está contando porque é amiga, antes que ela faça mais uma loucura.

Maria Eduarda se vira para Crica e diz bem alto, para que a sala inteira escute, que ela está pirada, que não fez loucura nenhuma, que eles todos é que estão loucos em pensar que ela tentou se matar cortando os pulsos por causa do Henrique, que ela já queria terminar o namoro há muito tempo, que o Henrique é um idiota cheio de espinhas, que ele fala "menas" e escreve atrasado com "z" e tem um pau deste tamanhinho assim. Ela ergue uma borracha verde, de aproximadamente seis centímetros, para ilustrar o tamanho do pau de Henrique.

Ontem, ao tentar abrir uma lata de azeite, Henrique cortou os dois pulsos.

JUÍZO

Rio de Janeiro, sexta-feira, 31 de dezembro de 1999.

A temperatura no apartamento de Beth é de 32 graus. Beth fecha a mala, desliga a geladeira, põe água na planta, apaga a luz e abre a porta. Ela está atrasada para pegar o ônibus. Beth ainda não sabe que o telefone vai tocar. O telefone toca.

– Cacete!

Beth olha o relógio. O telefone toca. Ela larga a mala no chão, acende a luz, o telefone toca, ela deixa a porta aberta, com a chave na porta, atende ao telefone.

– Josimar? (...) Sou eu, Josimar, eu não tenho secretária eletrônica. (...) Eu sei. O que foi? (...) Estou saindo, não saí ainda. O que foi, Josimar?

Beth vê o livro *Seqüestrados de Altona*, do Sartre, sobre a mesa, ao lado do computador. Pega o livro e põe no bolso.

– E você não salvou no disquete? (...) Tem, tem jeito sim, o computador pode ter salvo. (...) É, é brabo. (...) Josimar, faltam duas horas para acabar o milênio e você quer que eu lhe ensine, por telefone, a mexer no computador? (...)

A responsabilidade é sua, Josimar. Você assumiu, agora a responsabilidade é sua. (...) Josimar, eu não posso ser responsável pelos atos de toda a humanidade. A responsabilidade é sua. (...) Tá, Josimar, tá bom. Que saco!

Beth senta, liga o computador.

– Você ganha o mesmo que eu e entrou não faz nem um mês. Se eu perder o ônibus por sua causa e passar o ano-novo na rodoviária eu te mato! Você está na frente do computador? (...) Bom, no canto esquerdo, embaixo, tem uma cruzinha, perto do iniciar. Clique duas vezes com o botão direito do mouse na cruzinha. Vai aparecer uma ampulheta, aquela coisinha que mede o tempo, com areia dentro. Sabe como é? Um desenho de uma ampulheta.(...) Você não está na frente do computador? (...) Você está vendo a cruzinha no canto esquerdo? (...) Josimar, liga o computador.

Beth, na rua, mala na mão, procura um táxi. Fogos de artifício explodem no céu. Um relógio de rua marca 11:43, mas na verdade são onze e quarenta e cinco, o relógio está atrasado. Ela gesticula e grita para um táxi que passa, sem parar. Ela vê outro táxi se aproximando no sentido contrário da rua. Beth atravessa a rua correndo, quase na frente de um ônibus. Outro ônibus buzina e pisca luz alta para ela. Ela se vira e vê o ônibus se aproximar. O ônibus freia e buzina. Beth grita. Fogos de artifício explodem no céu refletido no vidro do ônibus. Destino: Juiz de Fora. Beth é atropelada e morre.

Beth está estatelada no chão. Abre os olhos. Fogos de artifício emolduram um grupo de pessoas em círculo, romanos, monges budistas, um índio. Surge um anjo. O anjo examina o rosto de Beth e pergunta:

— A senhora é uma galinha?

— Não.

O anjo confere uma ficha.

— Uma ameba?

— Não.

— Não vai dizer que a senhora é uma pessoa humana?

— Sou.

— Então vamos logo! Venha comigo.

Beth se levanta, segue o anjo por um grande corredor. Ela examina as mãos. Abre a bolsa, pega um espelho.

— Mas o que aconteceu que eu estou tão pálida?

— A senhora morreu.

— Eu morri?

— E o pior é que está atrasadíssima. Os humanos entram em dois minutos. Venha comigo.

— Eu morri. Que absurdo! Nunca imaginei que isso fosse acontecer logo comigo. Eu perdi a passagem do milênio. Como foi a passagem do milênio?

— Ah, foi uma maravilha. O mar se abriu, bolas de fogo... Os cavaleiros do apocalipse então, que beleza. Gostei mais da peste, toda verde.

– O mundo acabou?
– Você não sabia?
– Não, eu morri um pouco antes.
– Todo mundo avisou, o Pacco Rabane, Nostradamus. Olha aqui.

O anjo tira um livro do bolso e lê:

– "Quando a terceira esfera azul brilhar no mar do norte, então será o dia." Só não entendeu quem não quis.

– Todo mundo morreu à meia-noite?
– Não, você morreu um pouco antes. E mesmo assim é a mais atrasada. Já vai começar.
– Começar o quê?
– Como assim, o quê?

O anjo empurra uma porta e Beth entra num grande auditório, lotado. Na platéia, seres humanos de várias épocas, princesas medievais, gregos de lençol, primatas peludos. No palco, entre nuvens, um luminoso informa o nome do show: "Juízo Final". O anjo indica a Beth um lugar vago no auditório e sobe no palco, pega um microfone.

– Bem-vindos ao Juízo Final. Boa-noite, ou bom-dia, não importa: vocês agora vivem na eternidade. Está começando mais um sensacional julgamento, chegou a hora de prestar contas de tudo que se fez e tudo que se deixou de fazer. E o julgamento de hoje é...

O anjo examina uma ficha.

– Dos humanos!

Platéia vibra, aplaude, grita: Humanos! Humanos!

— Muito bem... A platéia está animada hoje. E agora vamos receber nosso juiz e patrocinador, aquele que tudo vê e tudo sabe, aquele que é o princípio, o fim e o meio. Uma salva de palmas para... Deus!

Um grande olho irradiando luz num triângulo surge sobre o palco. Acordes de um órgão. Palmas da platéia: De-eus! De-eus!

— É, podem aplaudir bastante, mas não pensem que isso vai influenciar o julgamento, não... Nosso juiz é implacável! Mas vamos ver quem será o representante da raça humana no Juízo Final.

O anjo mete a mão numa grande urna transparente, cheia de pequenos envelopes coloridos. Ele pega um envelope, abre.

— Vamos abrir o envelope... Atenção... dona Elisabeth!

Foco de luz em Beth, na platéia. Aplausos. Elisabeth! Elisabeth!

— Eu?

O anjo vem até a platéia e conduz Beth para o palco.

— É uma grande responsabilidade, representar a raça humana no Juízo Final... Está nervosa, dona Elisabeth?

— Um pouco... pode me chamar de Beth.

— Beth, muito bem. Sabe como são as regras do jogo?

— Não, não sei nada. Eu estava indo para a praia. Eu acho que não estou preparada.

— Modéstia sua. A senhora sabe por exemplo em qual dinastia foi construída a muralha da China?

— Não sei, não tenho a mínima idéia.

— Brincadeira, isso não vale ponto. Fique calma, dona Beth.

No cenário surgem dois placares, céu e inferno, com um contador embaixo e uma ampulheta que marca o tempo.

— Dona Beth, as regras aqui são muito simples. Deus não faz qualquer distinção entre os seres que criou: amebas, árvores, baratas e seres humanos, todos têm a mesma importância. Como Deus não pode julgar individualmente todos os seres, escolhe, aleatoriamente, um representante de cada espécie. E a senhora foi escolhida para representar a raça humana.

— Olha, eu vi um japonês de óculos ali no fundo, será que não seria melhor... É que eu trabalho, trabalhava, numa empresa de informática, eu tenho só um curso técnico...

— Não se preocupe, a platéia ajuda, a senhora vai se sair bem... Eu vou lembrar tudo que a raça humana fez de ruim e a senhora vai dizer o que vocês fizeram de bom. Deus vai dando os pontos que aparecem naquele placar. Se a senhora fizer mais pontos que eu, sabe para onde vocês vão?

A platéia grita: Para o céu! Para o céu!

— Exatamente. Para o céu! Um lugar maravilhoso, onde corre o leite e o mel, para quem gosta de leite e mel. Um lugar onde não há dor, nem mal, nem pecado. Uma eternidade de glória e felicidade!

A platéia grita: Para o céu! Para o céu!

— É, mas se a senhora perder...

Muda a luz e a música.

— Se a senhora perder, a situação da raça humana fica muito difícil, dona Beth... Se a senhora perder, os humanos vão passar a eternidade... no inferno!

A platéia geme: uuuh!

— O inferno é um péssimo lugar para passar um fim de semana, que dirá uma eternidade.

A ampulheta do cenário vira e começa a contar o tempo.

— Olha lá, hein, dona Beth, que o relógio já está marcando e... começou o jogo!

— Eu não sei, quero dizer, a raça humana fez muitas coisas, algumas boas, outras ruins.

O anjo abre um envelope com várias fichas.

— Lembre das boas, dona Beth, que das ruins lembro eu. Olha, e pelo que eu estou vendo aqui... hoje o jogo está fácil para mim. A raça humana não fez um papel muito bonito, não. Raça humana... Vocês surgiram no finzinho do mundo, não faz nem dez milhões de anos, mas fizeram um estrago danado no planeta, hein, dona Beth? Os humanos merecem o inferno! Que raça bem triste... A começar pelas guerras, que coisa feia! Nunca houve guerras entre camelos, nunca se ouviu falar de um bando de cotias matando outras cotias. Acho que as guerras vão levar vocês todos para o inferno...

Placar do inferno marca 100.000 pontos.

— É verdade, mas nós fizemos muita coisa boa também.

— Por exemplo?

— Bom... O quindim.

— Quindim.

— É, um doce. Foi uma grande invenção. Eu adoro quindim.

— Vamos ver quantos pontos vale o quindim.

Placar do céu marca 3 pontos.

— Só três pontos, dona Beth. Além do quindim, o que mais vocês fizeram de bom?

— Pudim, rapadura, doce de leite.

Placar do céu avança para 12 pontos.

— Dona Beth, a senhora vai ter que lembrar de muitos doces para tirar a raça humana do inferno. Os humanos foram uma praga!

— E a roda? A roda é uma invenção ótima.

Placar do céu avança para 512 pontos.

— A Beth está pegando o jeito.

— Livros! Os livros!

Placar avança para 20.512 pontos. Platéia vibra: Livros! Livros!

— Acho bom eu não me descuidar... Vamos ver... Inveja, cobiça, ira, gula, avareza, luxúria...

O placar do inferno anda ao pulos, já está em 160.000.

— Está faltando um pecado...

— Preguiça?

Placar do inferno pula para 170.000. Beth e platéia gemem: ai!

— Preguiça. Obrigado, dona Beth, a senhora me deu 10.000 pontos.

— Só um pouquinho. As pirâmides. Fio dental. Anestesia. Elevador, escada rolante, controle remoto. Navios. A agricultura. Roupas. Sapato. Rádio, televisão. Cinema. Teatro.

Beth aponta para Deus.

— Aquela capela, que tem o desenho dele pondo o dedo num homem assim, uma que foi restaurada há pouco... Cristina?

A platéia assopra: Sistina!

— Isso! Capela Sistina!

O placar do céu vai para 86.512 pontos. O anjo consulta suas fichas.

— E as drogas? E a pornografia infantil? E a má distribuição de renda? E os corruptos?

Inferno: 245.560.

— Cadeiras. Tapetes. A nona sinfonia do Beethoven! A oitava, a sétima, a quinta, quarta, terceira, segunda e primeira sinfonias de Beethoven?

Céu: 112.320.

— A décima sinfonia?

Luz vermelha pisca, toca alarme.

— Não tem décima sinfonia nenhuma, nosso juiz tudo sabe e tudo vê, dona Beth. E as mentiras? A fofoca?

Inferno: 276.840.

— A música! Todas as músicas!

Céu: 280.320. A platéia vibra: Música! Música!

— O ciúme. A ganância.

Inferno: 310.630.

— Ganância é o mesmo que cobiça e avareza, já foi. Eu já falei pudim?

— Já falou, lá no começo, logo depois do quindim.

— Computador. Videocassete. As pinturas. As conquistas espaciais. Todos os eletrodomésticos.

Céu: 290.780.

— Roubos!

— Zíper! Telefone!

— Linha ocupada.

Inferno: 340.020.

— Carinho, compaixão, simpatia, saudade!

Céu: 380.520. A platéia delira: Beth! Beth!

— Violência. Grosserias. Antipatia. Esquecimento.

Inferno: 410.200.

— Cartões de natal. Internet.

E um sem-fim de misérias e bondades humanas desfilou frente aos olhos que tudo vêem. O tempo, todos os tempos, chega ao fim. O placar do inferno marca 834.760. O placar do céu marca 834.730. Beth está nervosa, a platéia está nervosa.

— O tempo está acabando, faltam três minutos, dona Beth... Faltam trinta pontos para livrar a raça humana do inferno, dona Beth.

— Eu já falei lâmpada?

— Falou.

— Quindim?

— Foi a primeira coisa que a senhora disse.

Silêncio. A platéia está apreensiva, rói as unhas. Beth pega um lenço no bolso, seca o suor da testa e, ao guardar o lenço, percebe o livro de Sartre em seu bolso. Pega o livro. Lê.

– Olha isso aqui. "Vós que desconheceis as nossas dores, como podeis compreender o poder atroz de nossos amores mortais? Crianças lindas que saís de nós, nossas dores vos terão feito. Séculos que virão, eis pois o meu século. Solitário e disforme, o réu. Eu responderei por ele."

A platéia se emociona, aplaude. O placar do céu pula para 834.765 pontos. A platéia vibra: Humanos! Humanos! Beth está radiante.

– Isso é do Sartre!
– Um ateu?

Silêncio. O placar do céu cai para 834.760, empatando com o do inferno. A platéia geme.

– Eu não sabia que ele era ateu. Eu nem li o livro todo, só essa parte, que estava sublinhada. O que acontece se der empate?

– Em caso de empate, a raça humana vai para o purgatório, onde aguardará novo julgamento, em um milhão de anos.

– Como é o purgatório?

– É um pouco como uma sala de espera, com gravuras na parede, revistas sem capa, plantas artificiais e música ambiente.

– Que tipo de música?
– New age.
– Cacete!
– Faltam cinqüenta segundos! Eu também

não lembro mais nada de ruim... Acho que vocês vão todos para o purgatório.

– Eu falei no abridor de lata?

– Falou.

– Fita durex?

– Falou. Faltam quarenta segundos. Olha o tempo!

– Bem... Tem uma coisa que eu fiz, mas não sei se vale. Vale bondade com raiva?

– Faltam trinta segundos!

A platéia grita: fala!

– Bom... O Josimar, um cara que trabalha comigo no escritório, não bem comigo, eu trabalho na contabilidade e ele no contas a pagar.

– Dez segundos!

A platéia urra: fala!

– Eu ajudei o Josimar com o computador. Eu estava atrasada para pegar o ônibus, mas atendi o telefone e ajudei o Josimar no computador. E a responsabilidade era dele. Ele ganha o mesmo que eu. Isso vale?

Silêncio. Expectativa da platéia. Beth olha para Deus. O placar do céu avança um ponto: 834.761. Termina o tempo. Abre-se a porta do céu, tocam trombetas.

– É o céu! Sensacional! A raça humana vai para o céu por um ponto! Parabéns, dona Beth!

A platéia delira, todos se abraçam. A torcida invade o palco, cantando: Olê, olá, a raça humana tá botando pra quebrar! Humanos! Humanos! Beth é carregada em triunfo, nos ombros de um viking. A platéia canta: Arcanjo!

Arcanjo! Arcanjo e Querubim! Arruma outro anjo que este já chegou ao fim!

– Não percam na próxima semana, o julgamento das amebas.

A platéia canta: Um, dois, três, quatro, cinco, mil, queremos que as amebas vão pra puta que o pariu!

PARAÍSO

Qualquer pessoa sonha com o paraíso. Só que cada pessoa sonha com um paraíso diferente, o seu paraíso.

Elevador abre a porta. Beth entra no elevador. O ascensorista é um Anjo.

– Tudo bem?
– Tudo.
– A senhora tem bagagem?
– Não, não, só isso mesmo.
– Qual é o andar?
– Paraíso. Olha aqui.

Ela mostra um cartão para ele. Ele examina.
– Perfeitamente.

Ele fecha o elevador e marca no painel: P. O elevador se move, ele ficam em silêncio alguns segundos.

– Muito movimento hoje?
– Normal, terça-feira.
– Sei.
– A senhora morreu como?
– Atropelada. Por um ônibus.
– Sei. Bom que é rápido.
– Foi sim. Nem vi. Quando abri o olho já tinha morrido. Demorado este elevador.
– Andar alto. Estamos chegando.

O Anjo abre a porta de um maravilhoso apartamento. Beth entra. O Anjo, como um boy de hotel, abre o quarto.

– Bem-vinda ao paraíso.
– Isso é o paraíso? Parece um apartamento.
– É seu.
– O quê? Este apartamento é meu?
Ele abre a cortina.
– Claro. Dê uma olhada. Sacada com churrasqueira. Piscina. Vista para o mar.
– Meu? Tudo isso? Tevê de 62 polegadas. Sofá de couro. Mesinha que dá para botar o pé. Revistas desta semana. Telefone branco sem fio. Isso é o paraíso!
– Foi o que eu disse.
– O que está passando na televisão?
– O que você quiser. Aqui é o paraíso.

Ela liga a televisão. Está passando "A Noviça Rebelde".

– A Noviça Rebelde! Adoro este filme! *(canta)* Dó, um dia, um lindo dia... Tudo isso é meu?
– Para a eternidade.
– Mas é o paraíso!
– Pois é o que eu estou lhe dizendo. Frigobar.

O Anjo abre o frigobar.

– As despesas com o frigobar são por nossa conta, tire o que quiser. O café-da-manhã é servido até a hora que a senhora quiser, ovos mexidos, não muito tostados, molinhos, como a senhora gosta.

— O que pode ser melhor que isso?

Murilo Benício sai da cozinha. Traz uma bandeja com empadinhas e suco.

— Dona Beth, as de galinha são as que têm o arranjo com azeitona. Só o arranjo, azeitona tem gosto muito forte. As de camarão têm o arranjo com cenoura. Tome cuidado que estão quentes, não sei se eu acertei na massa. Coloquei duas pedras de gelo no suco, se a senhora quiser mais, é só chamar. Com licença, eu vou regar o seu jardim.

Murilo Benício põe a bandeja na mesa e sai. Beth olha para o Anjo.

— Esse rapaz parece muito com o Murilo Benício.

— É o Murilo Benício.

— Mas isso é o paraíso!

Infelizmente, o que para uns é o paraíso para outros é um inferno. E o que é pior: o que hoje é um paraíso, no fim de semana que vem pode virar um inferno.

Beth abre a porta do apartamento para o Anjo.

— A senhora chamou?

— Chamei, chamei, entra aí.

— Algum problema?

— Não, problema nenhum. Este é que é o problema.

— Não entendi.

— Isso aqui está ficando um pouco monótono, sem problema nenhum. Todo mundo fala mal dos problemas, se queixa que está cheio de problemas, mas sem problema nenhum também não tem muita graça. Problema ocupa a pessoa, distrai. A gente comenta que está com um problema, puxa assunto, fala do problema dos outros... É divertido.

— O paraíso é seu. Se a senhora quer um paraíso com problema, não tem problema. Que tipo de problema a senhora quer?

— Bom, nada grave. Não quero problema de saúde, nem de dinheiro. Isso é certo.

— Quem sabe um problema com o seu empregado?

— O Murilo Benício? Pode ser... Problema com empregado distrai bastante. Ele engordou um pouco, eu acho. E às vezes eu não entendo o que ele diz. Mas pode ser implicância minha, eu também estou procurando problema em tudo.

— E se ele bebesse e faltasse ao serviço?

— Boa idéia. O Murilo Benício podia beber, dar uns vexames, faltar ao serviço. Anotou?

— Anotei. Mais alguma coisa?

— Tem sim, essa idéia de Noviça Rebelde para a eternidade foi um erro. Não agüento mais este filme. Eu gostava de reclamar da televisão, ficar pulando de programa em programa e falando mal.

O Anjo faz anotações.

— Programas ruins. Certo.

— E chuva. No paraíso não chove nunca? Estou com saudade duma chuvinha.

— A senhora que sabe, anotei tudo: chuva, programas ruins na televisão e um empregado que bebe, dá vexame e falta ao serviço.

— Isso. Para começar.

— Vou providenciar.

O Anjo sai, Beth liga a televisão. Está passando Noviça Rebelde. Murilo Benício entra com as empadinhas. Tem cara de choro.

— Dona Beth, a senhora pode me dispensar do serviço hoje?

— Por quê?

Ele começa a chorar.

— Eu não estou me sentindo muito bem, Dona Beth.

— O que foi?

Murilo senta, chorando.

— Acho que foi uma empadinha que eu comi.

Beth se aproxima, cheira.

— Só se for empadinha de cachaça! Você andou bebendo?

— O que é isso, Dona Beth? Acho que eu sou alérgico a azeitona. Eu...

Murilo vomita no sofá.

— Meu sofá de couro!

Uma eternidade no paraíso parece uma contradição em termos, como uma bola quadrada. Por melhor que seja o paraíso, depois do terceiro dia de chuva uma hora parece uma eternidade.

Beth abre a porta para o Anjo.

— Chamou?

— Faz mais de meia hora! Isso aqui está um inferno! Não pára de chover, não tenho mais um lençol seco.

— E o Murilo Benício?

— Não aparece há três dias. E o pior é que na televisão só passa jogo de golfe. Você acha que tem sentido assistir golfe na televisão? Tem um buraquinho, uma bolinha branca e grama. Só. E um gordinho de boné. E os caras ficam falando sobre grama. Parece uma novela para vaca. E leva mais de duas horas uma partida. Três dias sem empregado, chovendo sem parar, e na televisão só passa jogo de golfe.

— Você é que sabe. Na televisão pode passar só o que você gosta.

— Mas não só Noviça Rebelde. Pode variar. E pode ter uma coisa ruim nos outros, só para eu dar uma olhadinha.

— Quem sabe um controle remoto?

— Isso! Eu sabia que estava faltando alguma coisa. Um controle remoto na minha mão, pessoal, com o meu nome escrito nele. E chega de chuva.

— Certo.

— Chuvas de no máximo quarenta minutos, no meio da tarde, para não atrapalhar o trânsito, entre três e quatro horas da tarde.

— Todos os dias?

— Não, duas vezes por semana, no máximo.

— Que dias da semana?

— Sei lá. Variado, eu prefiro não saber.

— Anotei.

— Eu também preciso de lençóis secos.

— Mais alguma coisa?

— Sim. E o pessoal, cadê?

— Pessoal?

— As outras pessoas, o pessoal lá da firma.

— Cada uma está no seu próprio paraíso.

— E a Sandrinha? Sabe uma de óculos?

— Sei. Esta preferiu ir para o inferno.

— A Sandrinha foi para o inferno?

— Foi. Disse que marcou encontro com um pessoal e pediu para ir.

— Grande Sandrinha. Aquilo era uma peste! O inferno deve ser divertido.

— Mas o clima é péssimo. Um calor desgraçado. E o pior é que as pessoas jogam lixo no chão, entope os bueiros, chove, alaga tudo, aquele calor miserável. E as baratas foram para lá também.

— O paraíso seria um inferno com praia, não seria? Um lugar onde chove de vez em quando, outras vezes faz sol. Onde a gente possa encontrar o pessoal. Não sempre, de vez em quando.

— Já sei o que a senhora quer. Me acompanhe por favor.

Beth sai acompanhando o Anjo. Entram no elevador. O Anjo aperta no T.

— Deixa ver se eu entendi: a senhora quer uma televisão com controle remoto, alguns programas ruins outro bons, chuva de vez em quando, em dias variados, e alguns problemas. E quer encontrar o pessoal, não sempre, de vez em quando.

— Isso.

— Chegamos. Pode sair.

Beth sai.

— O que é isso?

— A Terra. Faça bom proveito.

Fecha a porta do elevador. Beth se vira e está numa calçada, cheia de gente.

ENCONTRO

Ele olhou o relógio outra vez. Seis e dois. Ela estava dois minutos atrasada. Sua ansiedade o fez chegar uma hora mais cedo, já começava a ficar enjoado com o cheiro de capim molhado no celeiro. Estava sentado na plataforma do segundo andar, de frente para a única janela. Se ela viesse pelo caminho que contornava a lagoa, poderia vê-la uns cinco minutos antes dela chegar. Teria tempo para descer, sair do celeiro, voltar e fingir estar chegando junto com ela. Não era bom aparentar muito interesse. Se estivesse sentado quando a visse entrar com o vestido azul sem mangas, aquele sorriso nos olhos, seria imobilizado. Era melhor seguir seu plano: descer, sair e voltar. Assim a encontraria de pé. Ficariam frente a frente e se aproximariam caminhando, num movimento natural.

Seis e quatro. Ele a abraçaria, entrelaçando os dedos às suas costas. Tocariam os lábios, ele desviaria os seus para o pescoço. Longe do seu olhar, ele ganharia coragem para soltar uma das mãos, subir pelo corpo até os seios. Daí em diante, nenhum plano. Ela certamente guiaria seus gestos. Era isso que ele esperava. E esperava. Alguém na estrada. Colocou rapidamente os sapatos, aprontando a retirada, o coração disparando. Não dava para ver quem era.

Seis e cinco. Um erro, aqueles sapatos. Apertados, muito novos. Era um homem na estrada. E se viesse ao celeiro? Parou, perto da lagoa. Mudou de rumo. Ele tirou os sapatos. Talvez ela viesse pelo caminho do pomar, pelo outro lado. Entraria no celeiro às suas costas e poderia vê-lo sentado, lá em cima, de frente para a janela. Melhor colocar os sapatos. Colocou os sapatos. O mais provável é que ela viesse direto da cidade pelo caminho da lagoa. Só viria pelo caminho do pomar se viesse de casa. Não era provável. Seu pai poderia vê-la saindo, sua mãe certamente estava em casa esta hora. Não, não era provável. Por via das dúvidas, ficou de sapatos.

Seis e sete. Ela marcou o encontro, ela disse a hora, ela escolheu o lugar. Ele ficou parado, um furacão na cabeça e o olhar estúpido de felicidade. Nem sabe como chegou em casa. Tomou banho, trocou de roupa e colocou os sapatos, um erro.

Seis e oito. Enquanto caminhava para o celeiro, sentia o suor escorrendo pelos braços. Pensava no pai dela, um bêbado, violento. Na mãe, uma mulher triste, de olhar perdido, pouco mais de trinta anos. Nos seios dela, apertados sob o vestido azul sem mangas. Pensava e caminhava, passos rápidos, para o celeiro.

Seis e dez, ninguém na estrada. Tirou os sapatos e deitou no chão. Ela não vem. É claro que ela não vem. Ele era um bobo, ignorante, cheio de espinhas. Naquela hora, ela devia estar com as amigas rindo do idiota no celeiro. Aquele riso indecente, os seios sob o vestido. Esqueceu de olhar a estrada e a hora. Ficou deitado no chão, sentindo o cheiro de capim molhado. E raiva. Fazia planos de vingança quando ouviu a porta do celeiro se abrir. Desceu a escada num salto e ficou, paralisado, de pé, no meio do celeiro. A mãe dela entrou sem dizer nada. Caminhou na direção dele, lentamente, os olhos tristes de sempre. Colocou a mão no seu ombro, chegou mais perto e lhe beijou a testa. "Ela não vem." Deu meia-volta e saiu. Por muito tempo ainda ele ficou ali, parado, no meio do celeiro, com os pés descalços.

AH, O AMOR

*"Chego a mudar de calçada
quando aparece uma flor
e dou risada do grande amor."*
Chico Buarque

Quem não lembra em *Romeu e Julieta* das palavras com que ele, privado dos favores daquela que ama, se refere ao sentimento que lhe consome: "O amor é fumaça formada pelos vapores dos suspiros. Purificado, é um fogo chispeante nos olhos dos amantes. Contrariado, um mar alimentado por suas lágrimas". Romeu está apaixonado, não dorme, só pensa em sua amada, "belíssima, sabiamente belíssima" amada, cuja beleza "o sol, que tudo vê, nunca viu outra semelhante desde a aurora dos tempos": Rosalina.

Romeu ainda não conhece Julieta. Rosalina, prima dela, fez votos de castidade e não quer nada com ele. Qual a idade de Romeu? Julieta tinha treze, uma solteirona, "outras mais moças que ela já são mães felizes". A idade de Julieta é criação de Shakespeare, no poema de Broke ela tinha dezesseis. Foi dele também a boa idéia de concentrar os acontecimentos, que no poema duravam nove meses, em cinco dias. Tudo leva a crer que Shakespeare escreveu a peça, que se passa em 1591, entre 1593-5, e que Julieta nasceu em 1º de agosto de 1577.

Não há referências na peça à idade de Rosalina, mas não dependemos apenas dos exageros de Romeu para concluir que ela devia ser bem bonitinha. Mercúcio, ao tentar demover Romeu da idéia de invadir o jardim dos Capuleto, implora "pelos brilhantes olhos de Rosalina, por sua altiva fronte e seus lábios escarlates, por seu fino pé, esbelta perna e coxa palpitante e paragens ali adjacentes".

Romeu, um dia depois de conhecer Julieta, tendo ainda "sobre a face a marca de uma antiga lágrima" derramada por Rosalina, não lhe recorda nem o nome. E Rosalina desaparece da história. O amor de Romeu e Julieta deu no que deu, duplo suicídio e formação de cartel. Que fim levou Rosalina?

Em busca de Rosalina, procurei as fontes da peça. Que eu saiba, só três das trinta e nove peças de Shakespeare são histórias originais. Nem os sobrenomes Montecchio e Capuleto são invenções dele. São inspirados na *Divina Comédia*, de Dante, publicada em 1320. No sexto canto do Purgatório, Dante fala das brigas entre as famílias italianas: *"Vinde ver os Montecchi e Cappelletti (...) curvados pela dor ou pelo medo; vinde, homem cruel, ver o domínio da tirania dos vossos nobres, puni as suas maldades"*.

No filme *Shakespeare Apaixonado*, ele escreve a peça inspirado pelo amor da bela

Gwyneth Paltrow. Pura ficção, é claro, feita para enganar almas puras que juram ser o amor inspiração de bons versos e não apenas uma boa desculpa para os maus. Rosalina também está no filme, não como uma virgem "ilesa, livre do arco infantil e fraco do amor", mas como uma mulher devassa, amante de Shakespeare e James Burbage (que construiu o primeiro teatro de Londres, em 1576).

Reproduzo aqui parte do texto de F. Carlos de Almeida Cunha Medeiros (introdução em *Shakespeare, Tragédias*, vol. 1, ed. Abril, 1981).

"A tragédia de Romeu e Julieta é considerada verídica, citando-se mesmo como tendo-se passado nos primeiros anos do século XIV. Apesar disso, é tema muito antigo, já existindo na literatura grega história semelhante. (Talvez se refira ao romance *Anthea e Abrocomas,* um amor impossível entre filhos de famílias rivais, escrito por Xenofonte Ephesio no século III.) Luigi da Porto é o primeiro a usar o nome de Romeu e Julieta. (Matteo) Bandello adapta a história (em 1554), que foi traduzida para o francês por Pierre de Boisteau de Lanauy. Artur Broke traduziu desta última fonte em versos ingleses, dando-lhe o título de *Tragical History of Romeo and Juliet*, com o qual publica seu poema em 1562. Foi daí que Shakespeare tirou a inspiração para sua tragédia, que segue fielmente a versão de Broke."

Carlos Alberto Nunes, no ensaio que serve de prefácio à sua tradução, tem outra versão para a origem da história.

"Em resumo: é puramente lendário o tema da tragédia de Romeu e Julieta. O próprio autor da História de Verona, Girolamo dalla Corte, teria recebido a narrativa dos romances medievais, muito embora indique a data de 1303 como a do encontro fatal dos dois amantes."

Nunes concorda que a fonte imediata de Shakespeare tenha sido o poema de Broke e cita ainda a versão da mesma história num dos contos do livro *Palace of Pleasure*, de Paynter.

O que inspira bons versos são, quase sempre, outros bons versos. O enredo de Romeu e Julieta aparece, também em francês, entre as *Histoires Tragiques*, de François de Belleforest, em 1559. Alguns historiadores acreditam que Shakespeare se baseou ainda numa história semelhante de Massuccion Salernitano, *Novellino*, publicada em 1476. E ainda em *La Hadriana*, tragédia de Luigi Groto (1541-1595) representada entre 1596-7. O texto de Groto só foi encontrado no século XX, bem como sua comédia inacabada *As Núpcias de Rosalina* (*La Hadriana, Lo Isach e Fragmentos*, ed. Ariadne, 1986). É a história de uma jovem prometida em casamento a um nobre afetado de nome Gianni. Mas digamos que ele se chamasse Romeu.

No primeiro encontro, um jantar que reúne as duas famílias, Rosalina observa que Romeu deve ter perdido mais tempo que ela em "formosuras de vestuário e cabelo". Romeu quase não fala, preocupado em agradar os pais da noiva e fazer tratativas sobre "a pompa, a beleza e o esplendor da cerimônia em que seriam celebrados os esponsais".

A primeira vez em que ficam sós, num passeio pelos jardins acompanhado a distância segura pela ama de Rosalina, Romeu parece pálido, tosse muito. "Já sei que a morte a minha vida invade." Rosalina percebe que o inverno ainda não permite flores nos jardins, mas que "as rosas não teriam aroma mais doce que o de meu futuro esposo".

Na festa de noivado, Rosalina arrasta Romeu para uma varanda. Há pouca luz e, apesar da brisa da noite, ela sente na face "o rubor dos excessos, de vinho e juventude". Romeu quer voltar ao baile a tempo de dançar a pavana para a qual ensaiou "os passos e as mesuras mais gentis". Rosalina se aproxima de Romeu, sugere que a dança de salão mantém os pares muito afastados, que a luz dos espelhos e castiçais "ofusca meus olhos e paralisa meus lábios". Romeu interrompe. "Escuto afinar os violinos. Voltemos!" E sai para o salão.

A próxima cena se passa no ateliê de Guilherme Minutolo, um pintor napolitano encarregado de fazer o retrato de noivado de Rosalina. Guilherme, um jovem de "pele morena e olhar risonho", trata a noiva com grande atenção. Sugere-lhe uma pose em três quartos, "a renda branca cobrindo-lhe o colo iluminado pela luz tênue de um candieiro". Romeu diz preferir a luz natural. E a seda em vez da renda. Guilherme pede que ele espere no jardim enquanto esboça os primeiros traços de Rosalina.

A comédia de Groto nunca foi concluída ou parte se perdeu. A próxima cena já mostra Rosalina depois de seu voto de castidade. Romeu se desespera, passa as noites pelos bosques, com a "saúde enferma, sono em perpétua vigília", o mesmo estado de espírito em que inicia a peça de Shakespeare.

Há trechos de uma cena em que Rosalina convence seu tio a dar uma festa, um baile de máscaras "abrindo a casa aos pretendentes de minha prima Rafaela". (Digamos, Julieta. Ela e Romeu se conhecem num baile de máscaras.) Rosalina ajuda Julieta a vestir-se para o baile, emprestando-lhe "os mais finos tecidos e pedras de raro brilho". Talvez tenha falado à prima sobre a boa prosa e os belos olhos de Romeu.

Rosalina, pelas anotações finais do autor, abandonou o voto de castidade e terminou seus dias em Nápoles, onde serviu de modelo "a alguns artistas que se pretendem jovens e a muitos jovens que se pretendem artistas". Nem ficou sabendo das mortes de Romeu e Julieta.

ESTOU VENDO

Estou vendo uma mulher, morena, 40 anos, conversando com outra, loira, um pouco mais moça. A morena está sentada de maneira mais relaxada, veste uma roupa mais caseira, parece a dona da casa. A loira, pela maneira como deu uma olhada na capa de uma revista, parece visita. Há duas xícaras de cafezinho sobre a mesa de centro, além de um galo português, um cinzeiro de metal e revistas. A morena levanta-se bruscamente, como se fosse atender ao telefone ou à porta. Caminha para a porta. A loira acende um cigarro. A morena abre a porta para um homem, um pouco mais velho que elas, talvez uns 45 anos, levemente calvo. Ele veste terno claro e gravata escura. Se cumprimentam, um pouco formalmente, mas parece que já se conheciam. A loira levanta-se, é apresentada ao homem, se cumprimentam. Os três sentam. A morena diz alguma coisa e se levanta. Sai. O homem e a mulher loira conversam. A morena volta com um café para o homem, que se levanta para pegá-lo. Sentam. Conversam um pouco, os três, mais a morena e o homem. A loira apaga o cigarro. O homem larga o café e fica de pé na frente da morena. Ela continua sentada. Ele se abaixa um pouco. Ela abre bem a boca. Ele examina a boca da morena por alguns segundos. Ele se afasta, ela fecha a boca, ele senta outra vez. Falam mais um pouco. O homem senta na ponta da cadeira, com se estivesse pronto para ir embora. O homem pega o galo português, diz alguma coisa enquanto o examina. Põe o galo sobre a mesa. A morena e o homem se levantam, quase ao mesmo tempo. A loira fica sentada, despede-se do homem com um gesto. A morena o acompanha até a porta. A loira sai da sala levando as xícaras. O homem e a morena olham para o interior da casa. Os dois se olham. Beijam-se, na boca. Se abraçam. Separam-se. O homem diz alguma coisa e sai. A morena fecha a porta, a loira volta à sala. As duas sentam e conversam um pouco. A morena levanta-se outra vez e caminha para a porta. A loira acende outro cigarro. A morena abre a porta. Um japonês, de terno e gravata, entra. Ele tem uma arma. O japonês atira, duas vezes. A morena cai. A loira apaga o cigarro, pega o galo português e se levanta. A loira entrega o galo ao japonês. Ele guarda a arma. A loira apaga a luz.

VELÁSQUEZ
E A TEORIA QUÂNTICA DA GRAVIDADE

"**O** que Deus fazia antes de criar o universo?", perguntou Santo Agostinho. Provavelmente escrevia alguma bobagem, e o serviço ali, parado. Tudo bem, não foi por muito tempo (que, aliás, ainda nem existia). Em uma semana ele foi lá e pá, criou o universo assim como nós o conhecemos, só um pouco mais moço e mais magro. O universo tem se expandido desde então, mas parece que nada de muito dramático vai acontecer na vizinhança nos próximos dez milhões de anos. O fato é que o tempo passou a existir e as coisas seguiram em frente e para os lados.

O universo move-se segundo leis científicas, dizem os cientistas garantindo os seus empregos. Se uma experiência feita em determinadas condições for repetida nas mesmas condições em qualquer lugar do universo, até mesmo em Curitiba, o resultado deve ser o mesmo. Analisando estas experiências, os cientistas elaboram as leis que regem o universo e caem no vestibular. Ao contrário da arte, onde uma descoberta em nada altera a descoberta anterior, na ciência cada nova lei substitui as outras, cujo o destino é o lixo, sob risadas. Como éramos burros!

Atualmente o universo é explicado através de duas leis: a mecânica quântica, que se preocupa com coisas muito pequenas, como átomos e seus elétrons, e a teoria geral da relatividade, interessada em coisas muito grandes e muito distantes: galáxias, buracos negros e supernovas. As leis da mecânica quântica explicam a fusão nuclear e o fato de a lagartixa conseguir ficar grudada num vidro. As leis da relatividade explicam a expansão do universo, a gravidade e as órbitas dos planetas. O problema é que, na melhor hipótese, uma das duas está errada, são incompatíveis. Talvez as duas estejam erradas, mas isso não ajuda nada. Planetas continuam girando e lagartixas continuam caminhando pelos vidros, indiferentes à agonia dos cientistas que buscam desesperadamente uma teoria quântica da gravidade, uma teoria única que explique tudo, lagartixas e supernovas.

Diz a lenda que Einstein descobriu um conceito fundamental da sua teoria da relatividade enquanto andava de elevador. Parece que ele olhou para a lâmpada do elevador e pensou em como a luz daquela lâmpada se deslocava dentro do elevador enquanto ele subia, ou descia, sei lá. A inspiração de Einstein deve-se muito à timidez de sua acompanhante no elevador. Ela não puxou conversa sobre o clima, ficou aquele silêncio, ele ficou constrangido, olhou para cima, viu a lâmpada e organizou todo o universo. O fato dele estar pensando naquilo todo dia há trinta anos também ajudou.

Digo isso porque uma observação muito simples e capaz de contribuir decisivamente para a elaboração de uma teoria quântica da gravidade me ocorreu enquanto examinava uma reprodução do quadro "As Meninas", do Velásquez. Você sabe qual é, aquele do pintor num estúdio com várias meninas, todos de frente para o rei e a rainha, que só aparecem no fundo, no espelho. Onze pessoas e um cachorro estão no quadro. A menina que ocupa o centro do quadro é a infanta Margarida Teresa, filha de Felipe IV e Maria Anna, o casal real que aparece no espelho. Duas damas de honra ladeiam a infanta: Dona Maria Agustina de Sarmiento, à esquerda, ajoelhada, oferece-lhe uma xícara de chocolate; Dona Isabel de Velasco, à direita, de pé, curva-se em respeito aos reis que chegam. Velásquez, o pintor, está bem à esquerda do quadro, de pé, segurando seus pincéis. Na extrema direita, uma anã maravilhosa e um menino que põe o pé sobre um cachorro. (Picasso fez vários estudos das Meninas e desenhava a anã com meia dúzia de linhas.) Em segundo plano, uma freira e uma mulher de negro. Ao fundo, além do espelho que reflete os reis, aparece um homem de pé na escada, Dom José Velásquez, o tesoureiro da corte.

O rei e a rainha, o pintor, o tesoureiro, a mulher de negro, a infanta, a dama de honra que se curva e a anã estão olhando diretamente para a câmera, isto é, para o observador do quadro. A infanta foi fixada em meio a um movimento, curvando-se para os reis que chegam e aparecem no espelho. Ora, uma teoria quântica da gravidade deve levar em conta... e foi neste momento que chegou a Silvaninha e me perguntou se eu tinha devolvido a fita da Guta. Que Guta? A filha da Dona Inês. Que fita? A fita com o filme super-oito que ela deixou na sua casa no dia do aniversário do Breno. Ela deixou a fita? Deixou, você disse que queria ver, ela deixou. Você viu a fita? Acho que não. Cadê a fita? Deve estar lá. Procure e devolva, era a única cópia, ela já me deu um toque que queria a fita, perguntou se você já tinha visto. Eu procuro, deve estar lá. Então tá.

Voltei a olhar para o quadro, quando a Silvaninha saiu, mas só conseguia prestar atenção no rosto daquela anã. Não tinha mais a menor idéia de como o quadro poderia contribuir para a melhor compreensão do funcionamento do universo. Em virtude do exposto, deixo de enviar meu artigo sobre a teoria quântica da gravidade. Em seu lugar, mando-lhe um soneto do poeta português João Pedro Régio (*Santa Maria da Feira, 1904, + Porto, 1965), intitulado "Dois Homens". Obrigado e desculpe, talvez para o próximo número. Era isso.

Dois Homens

Vejo um homem a espiar frente à cortina
e imagino a paisagem que ele vê.

Não me sabe, não me vê, nem imagina
a paisagem que imagino que ele vê.
Finjo ignorar o homem que vigia,
mãos no bolso, paletó, velho, coitado.
Controlando os vizinhos passa o dia
de pé, parado à porta de um sobrado.
Dois homens no caminho à minha frente.
Um jovem na janela, olhar distante.
Um velho na calçada, terno preto.
Cruzo a cena como um figurante.
Nem sabem que eu existo e, de repente,
para sempre estão presos num soneto.

Roteiro do filme
MEU TIO MATOU UM CARA

de Jorge Furtado e Guel Arraes

PERSONAGENS

Duca, 15 anos.

Isa, 15 anos.

Kid, 17 anos.

Éder, 31 anos, tio de Duca.

Laerte, 36 anos, pai de Duca e irmão de Éder.

Cléia, 35 anos, mãe de Duca.

Soraia, 25 anos, namorada de Éder.

Rogério, 45 anos, advogado de Éder.

Cícero, 40 anos, detetive particular.

Secretária do detetive, 30 anos.

Décio, 20 anos, irmão de Soraia.

Porteiro do prédio de Soraia, 40 anos.

Ana Paula, 15 anos, colega de Duca.

Velhinha

Três Homens

Japonês

CENA: SALA DO APARTAMENTO DE DUCA, INTERIOR, NOITE

Sala de um apartamento de classe média. DUCA, de camiseta e bermuda, assiste televisão. Na tv, umas gurias muito gostosas dançando.

Ao fundo, CLÉIA, saia e blusa, sentada num banquinho, falando ao telefone. Ela tem no colo uma gaveta cheia de papéis. Enquanto fala, procura algo na gaveta.

Na cozinha, LAERTE, com um avental branco ilustrado por um galo, prepara bifes enrolados no balcão da pia. Frita o bacon com a margarina até começar a dourar. Acrescenta a cebola e continua fritando até dourar.

CLÉIA (*ao telefone*): E ela tem a nota? (...) Se ela tem a nota... (...) Mas ela tem mesmo ou diz que tem? (...) Mentir não, mãe, mas ela pode achar que tem e não tem... (...) Se ela tem, eles vão ter que trocar... (...) A-hã. (...) Aquele azul? (...) Vão ter que trocar!

O interfone toca.

As gurias gostosas continuam dançando.

Laerte junta o ovo e a farinha. Mistura tudo muito bem e retira do fogo. Salga os bifes e em seguida espalha uma camada do recheio sobre eles.

CLÉIA (*ainda ao telefone*): Aquele azul? (...) Não,

mãe, não dá pra comparar preço de roupa com preço de dentista. (...) A-hã. (...)

O interfone toca.

Laerte enrola os bifes e amarra com um pedaço de barbante.

CLÉIA: Duca!

Cléia faz sinal com a cabeça para Duca, com cara de "atende esse interfone!" Laerte olha para Duca com cara de "atende esse interfone!" Duca dá mute na tv e vai atender o interfone.

Laerte esquenta o óleo numa frigideira e coloca os bifes. Frita até dourar. Acrescenta o vinho e cozinha por 5 minutos.

DUCA (*no interfone*): Oi. (...) Tá bom.

CLÉIA: Ah, tem uma bolinha aqui. *(Coloca o dedo na boca e procura alguma coisa)* Incomoda...

Duca desliga, volta a sentar na frente da televisão.

DUCA: Tio Éder está subindo.

CLÉIA: É o Éder. (...) Ah, mãe, o que é que tem? (...) Tá bom... (...) Tá bom... (...) Tá bem, depois a gente fala... Um beijo. Tá bom... (...) Eu digo. (...) Tá, um beijo. (...) O azul... (...) Tá bom. (...) Tá bom. (...) Um beijo.

Cléia desliga o telefone.

A campainha toca. Cléia se dirige para a porta.

LAERTE (*da cozinha*): Ele te avisou que vinha?

CLÉIA: Não.

Cléia abre a porta. Éder, cara de assustado, olha para ela.

ÉDER: Matei um cara.

Duca dá mute nas gostosas. Cléia fica parada, olhando para ÉDER. Laerte vem da cozinha, de faca na mão. Éder passa por eles e entra na sala.

CLÉIA: O quê?

LAERTE: Como assim?

ÉDER: Matei um cara.

CLÉIA: De carro?

ÉDER: Não. Com um tiro.

LAERTE: Puta que o pariu, onde?

ÉDER: Na minha casa. Na sala.

CLÉIA: Que cara?

LAERTE: O corpo está lá? Tem certeza que o cara morreu?

CLÉIA: Você chamou a polícia?

Éder caminha pela sala, nervoso, esfregando uma mão na outra.

Laerte: Por quê?

Cléia: Calma.

Laerte: Como foi?

Cléia: Calma. Quem é o cara?

Cléia faz Éder sentar no sofá entre ela e Laerte.

Éder: Ex-marido de uma namorada. O cara foi lá atrás dela, ela não estava. O cara não acreditou, aí ele me apontou uma arma e começou a me ofender. Me chamou de preto safado. Eu tirei a arma do cara, a gente começou a brigar, ele caiu no chão. Eu peguei a arma e atirei.

Cléia: Foi um acidente.

Éder se levanta e volta a andar pela sala, nervoso. Cléia e Laerte atrás.

Laerte: É melhor ligar para a polícia. Puta que o pariu...

Cléia: Calma. Foi um acidente. Legítima defesa.

Laerte: Claro, foi um acidente. Puta que o pariu...

Cléia: A família dele tem dinheiro?

Os três se dão conta da presença de Duca, param de falar e olham para ele.

Cléia: Duca, é melhor você ir para o quarto, filho, depois a gente conversa.

Duca desliga a tv e vai para o quarto.

LAERTE: Melhor chamar um advogado. Vou chamar o Rogério.

ÉDER: Não, não sei.

CLÉIA: Calma... *(Dá um abraço em Éder.)*

CENA: QUARTO DE DUCA, INTERIOR, NOITE

Duca entra no quarto, fecha a porta, põe um chaveiro com um globinho sobre o trinco e vai para a mesa do computador, que já está ligado.

Na tela, minimiza um jogo de paciência e maximiza um jogo tipo "adventure", ponto de vista de alguém que se movimenta por uma casa cheia de portas, escadas e alçapões.

DUCA *(em off)*: Minha mãe sempre defende o tio Éder. Diz que ele é meio atrapalhado e por isso se mete em confusão. O meu pai, que é irmão dele, diz que o tio Éder se mete em confusão porque é um idiota. Ele sempre pede dinheiro emprestado para o meu pai, que empresta, mas fica furioso.

Duca minimiza o jogo e clica num ícone onde se lê: Robotclear.mov. *Na tela aparece um aspirador-robô no fundo de uma piscina.*

Duca (*em off*): Teve uns anos que ele ganhou muito dinheiro, vendendo um aspirador de fundo de piscina. O negócio se chamava robotclear e andava sozinho, limpando o fundo da piscina.

Duca (*em off*): Depois começaram a aparecer outros aspiradores de fundo de piscina mais baratos que o robotclear, e meu tio se deu mal. Ele tentou baixar o preço do robotclear...

Na tela do computador surge um comercial de terceira categoria de robotclear: uma mulher loira sentada numa espreguiçadeira, sorrindo, e um garoto ruivinho segurando o robotclear e olhando para a câmera.

CENA: PISCINA, EXTERIOR, DIA

Robotclear andando no fundo da piscina na propaganda. A mulher e a criança, no jardim, olhando para a câmera e sorrindo, felizes.

Duca (*em off*): ...fez uma propaganda horrível na tv com uma criança que falava (*câmera corrige pro menino que fala sem som, "dublado" por Duca*) "olha, mamãe, ele anda sozinho!" que era horrível, e ele ficou devendo uma grana no banco.

CENA: QUARTO DE DUCA, INTERIOR, NOITE

O trinco abaixa, deixando cair o chaveiro com o globinho.

Cléia abre a porta.

Duca em primeiro plano, em segundo plano a mãe, seu rosto está fora de quadro. Ela vem se aproximando, Duca vira de frente pra ela, dando as costas pra câmera, ela senta na cama entrando com o rosto em quadro e fazendo a cara disso tudo.

Duca (*em off*): Se eu conheço a minha mãe, agora ela vai entrar, vai me olhar com uma cara de preocupada misturada com uma cara de "fique calmo, seu tio é da família mas é só seu tio, e no fim vai dar tudo certo". Bom, não é uma cara muito fácil de fazer ou de imaginar, mas ela faz direitinho.

Mãe faz a cara disso tudo.

Duca: O que foi?

Cléia: Foi um acidente.

Duca: Eu ouvi. Chamaram a polícia?

Cléia: Ainda não. Mas seu pai chamou o Rogério, advogado, ele é amigo.

Duca: Pergunta se ele atirou deitado ou de pé.

Cléia: Como é?

Duca: Ele disse que eles brigaram e caíram no chão. Se ele atirou deitado, de perto, dá para ver que foi uma briga. Se ele atirou de longe e de pé, é melhor inventar outra história.

Longa pausa.

Cléia: Tá, eu pergunto.

Duca: Ele sabe onde tá a mulher do cara?

Cléia: Eu já perguntei. Ele não sabe. Eu vou voltar pra lá.

Duca: E pergunta se é ex-marido mesmo.

Cléia: Tá, eu pergunto. Fica calmo, eu já volto.

Cléia sai e fecha a porta.

Duca (*em off*): Outra vez o meu tio tentou abrir um bar chamado "Jardim do Éder" e me pediu pra fazer um site pra ele.

CENA: TELA DO COMPUTADOR DE DUCA

Tela de computador com o site do "Jardim do Éder". Vão passando as páginas do site: nome do bar, foto do ambiente vazio, detalhe de um sushi.

Fotos de uma garçonete japonesa, do tio com os amigos posando animadamente pra foto, do bar cheio no aniversário, na qual vemos tio, amigos e pais de Duca, Duca e Kid.

Duca (*em off*): Era uma mistura de sushi-bar com uns computadores nas mesas, custou uma grana. O bar fechou e meu pai acabou comprando três computadores, um aqui para casa e dois para o escritório, mais para ajudar o tio Éder, porque os computadores não eram muito bons. Todas essas confusões que o meu tio se metia eram muito chatas, levavam meses para se resolver.

Duca continua no computador terminando de ver a página da internet. Volta para o jogo de paciência.

Duca (*em off*): Nunca tinha imaginado que ele podia matar alguém, deve ter sido mesmo um acidente.

Batem na porta.

Duca: Entra.

Cléia entra, com um sanduíche e um pratinho na mão. Senta na cama de Duca.

Cléia: O Rogério tá aí. Fiz um sanduíche, quer a metade?

Duca: Quero. Perguntou?

Ela dá a metade para ele e come a sua, segurando o pratinho por baixo, para não cair farelos na cama.

Cléia: Perguntei. Ele acha que foi de pé, o cara estava se levantando. Foi um acidente.

Duca: A bala entrou onde? Na barriga?

Cléia: Ele não sabe. Foi um acidente, eles estavam brigando, a arma era do cara.

Duca: Do ex-marido?

Cléia: A-hã... Eles não eram separados legalmente, mas não viviam mais juntos.

Duca: Tem que ver se a mulher é a herdeira.

Cléia: Como assim?

Duca: Se a mulher namora o tio e é a herdeira, eles tinham motivo para matar o cara.

Duca começa a calçar os tênis. Pega alguns cedês e põe na mochila.

Cléia: Pois é. Bom, o Rogério é advogado. Deixa eles conversarem. Você vai sair?

Duca: Vou na casa da Isa.

Batem na porta, surge Laerte.

Laerte: Eles já vão.

Cléia larga o sanduíche e vai para a sala, seguida por Duca.

CENA: SALA DO APARTAMENTO DE DUCA, INTERIOR, NOITE

Entram Laerte, Cléia e Duca, vindos do quarto. Éder e o advogado já estão ali.

Laerte: Rogério, lembra do Duca?

Duca: Tudo bem?

Rogério: E aí, menino?

Éder olha para Duca.

Éder: E aí Duca?

Duca: Tudo bem.

Éder: Viu essa?

Duca: Vi, né?

Rogério: É melhor a gente ir logo.

Eles levantam.

Laerte: Eu vou com vocês.

Cléia: Por quê?

Rogério: É melhor você ficar aqui. Eu vou primeiro, ligo para a polícia, depois para você. Aí, se quiser, você vai.

Éder: Cacete, que confusão. Que situação... periclitante!

Duca: A mulher dele já sabe, né?

Os quatro olham para Duca.

Cléia: Sabe o quê?

Duca: Já sabe que o cara morreu. Alguém já avisou para ela?

Cléia olha para Laerte, que olha para Éder, que olha para Duca. O advogado olha para Éder.

ÉDER: Não. Ninguém sabe. Fechei a porta e saí, vim direto para cá.

LAERTE: Você não telefonou para ninguém?

ÉDER: Não.

DUCA: E a arma?

ÉDER: Tá aqui no meu bolso (*e mostra o volume no bolso*).

Duca abre a porta da rua e sai com Rogério e Éder. Laerte e Cléia ficam na porta.

CENA: HALL DO APARTAMENTO DE DUCA, INTERIOR, NOITE

Duca acende a luz do hall. Éder despede-se de Laerte. Duca chama o elevador.

ÉDER: Cacete.

LAERTE: Calma, calma. Foi um acidente, não foi?

Duca, Rogério e Éder entram no elevador.

CENA: ELEVADOR, INTERIOR, NOITE

Éder olha para o chão, Rogério também, e Duca olha para os botões do elevador.

Éder: Que vergonha, rapaz...

Duca: É melhor deixar a polícia avisar a mulher.

Rogério: Por quê?

Duca: É melhor que eles vejam a cara dela quando ficar sabendo que o marido morreu.

Éder e Rogério se olham.

Rogério: Pode ser.

A porta do elevador se abre.

CENA: FRENTE DO PRÉDIO DE DUCA, EXTERIOR, NOITE

Rogério, Éder e Duca saem do prédio.

Rogério: Vamos no meu carro.

Duca: E como vocês vão explicar que o carro do meu tio está aqui?

Rogério e Éder se olham.

Éder: É, então é melhor eu ir no meu, né?

Rogério: É. Você vai devagar, que eu vou seguir você.

Duca: Tchau, tio.

Éder: Tchau, Duca. Não se preocupe, vai dar tudo certo. Foi um acidente.

Éder e Rogério saem cada um em um carro. Duca caminha pelas ruas, a câmera afasta e ele vai se perdendo na cidade.

Duca (*em off*): Minha mãe diz que o tio Éder nunca se apaixonou de verdade. Meu pai diz que o problema é que ele se apaixona de verdade uma vez por semana. A minha mãe acha que ele escolhe sempre as mulheres erradas pra se apaixonar. Meu pai acha que as mulheres erradas é que escolhem se apaixonar pelo tio Éder. Eu acho que a minha mãe e o meu pai estão errados. A gente não escolhe por quem se apaixonar. A gente se apaixona e pronto, sem escolha. Se não fosse assim, numa cidade desse tamanho, eu nunca ia escolher me apaixonar exatamente pela minha melhor amiga. Fazer o quê? Foi um acidente.

CENA: SALA DO APARTAMENTO DE ISA, INTERIOR, NOITE

ISA abre a porta.

Duca: Oi.

Isa: Oi.

Duca: O Kid esta aí?

Isa: Não, talvez ele passe aqui mais tarde.

Duca: Vocês vão sair?

Isa: Acho que não. Você vai sair?

Duca: Não. Sua mãe taí?

Isa: Não, tá viajando, por quê?

Duca abre o pote de balas e pega uma.

Duca: Meu tio matou um cara.

Isa: Como assim?

Duca: Meu tio. Matou um cara.

Isa: Quando?

Duca: Hoje.

Isa: Como? De carro?

Isa tampa o pote de balas.

Duca: Não, com um tiro.

Isa: Tá brincando? Como? Que tio?

Duca: Aquele do robotclear.

CENA: QUARTO DE ISA, INTERIOR, NOITE

Duca e Isa arrastam a mesa do computador. A parede atrás da mesa está coberta de desenhos infantis, rabiscos, dois corações e a cara de um bicho cujos olhos são duas tomadas elétricas.

Isa: O cara era velho?

Duca: Não sei, por quê?

Isa senta na cama.

Isa: Sei lá. Acho que quanto mais velho, melhor. Quer dizer, se o cara já era bem velho, ia morrer daqui a pouco mesmo. Como foi?

Duca: Ele diz que foi um acidente, ele tava namorando a mulher do cara, brigaram, o cara tinha uma arma.

Isa: E a polícia?

Duca: Ainda não sabe, vai saber daqui a pouco.

Isa: Onde está o cara?

Duca: Quem, o morto?

Isa: É.

Duca: Sei lá, na casa dele.

Isa: Onde? Na sala?

Duca: Não sei, acho que sim.

Isa: E aí?

Duca: Não sei.

Isa: Caramba!

Duca senta na cama de Isa e lê o manual de um programa de computador.

Isa olha para os desenhos na parede.

Isa: Lembra desse coelho que você fez?

Duca olha para o desenho.

Duca: Isso não é um coelho, é uma vaca.

Isa: Ah, é?

Duca e Isa ficam se olhando por alguns segundos.

Isa: Sempre achei que fosse um coelho.

Ficam em silêncio olhando o desenho.

Isa: Teu tio vai ser preso?

Duca se levanta.

Duca: Não sei, acho que sim, ele quase foi, uma outra vez, por causa de uns cheques.

Isa: E o teu pai?

Duca: Meu pai diz que ele é um idiota. Mas eu acho que ele não matou o cara. Acho que foi mesmo um acidente.

Os dois sentam juntos em frente ao computador.

Isa: Por quê?

Duca: Ah, porque ele é um idiota mesmo.

CENA: APARTAMENTO DE DUCA, INTERIOR, NOITE

Laerte entra em casa, vai direto para a cozinha, acende a luz. Surge Cléia, de pijama.

CLÉIA: Como foi?

Laerte abre a geladeira, tira um prato coberto com um plástico, põe sobre o balcão, é um prato com bifes enrolados. Cléia senta na mesa.

LAERTE: Horrível, meu amor, horrível. Eu nunca tinha visto um homem morto antes, só de longe, sabe? Era um gordo. Ele tava deitado de barriga para baixo e a barriga fazia um bico assim de lado. O cinto tava muito apertado. Eu acho que o sujeito vivia encolhendo a barriga e só soltou depois de morto. Eu tô com fome, você já jantou?

CLÉIA: Comi um sanduíche. E o Éder?

LAERTE: Ficou lá, dando depoimento. O Rogério está lá. Você vai comer?

CLÉIA: Não.

Laerte encontra os óculos de Duca perto do microondas, pega, põe sobre a mesa e senta ao lado de Cléia, que começa a corrigir umas provas.

LAERTE: E o Duca?

CLÉIA: Não voltou ainda da Isa.

Laerte: Será que ele ficou muito assustado?

Cléia: Acho que não. Por quê?

Laerte: Não sei... Um tio assassino... Os colegas podem implicar.

Cléia: Ninguém precisa ficar sabendo.

Laerte: Claro.

CENA: SALA DO APARTAMENTO DE ISA, INTERIOR, NOITE

Isa abre a porta para KID.

Kid: Oi.

Isa: O tio do Duca matou um cara.

Kid: Quem?

Isa: O tio do Duca, irmão do pai dele.

Kid: Aquele do robotclear?

Isa: É...

Kid: Nossa, matou quem?

Isa: Um sujeito, marido da amante dele.

Kid pensa alguns segundos, estranha.

Kid: Marido da amante?

Isa: Ele era amante da mulher do cara.

CENA: QUARTO DE ISA, INTERIOR, NOITE

Kid e Isa no computador, Duca sentado atrás deles, na cama, estourando plástico bolha.

Kid: Ela era mulher do cara?

Duca: Ex-mulher.

Kid: Caramba!

Isa: Pois é.

Kid: E aí?

Duca: Não sei mais nada.

Kid: Vocês já comeram? Tô morrendo de fome.

DUCA: Eu comi em casa.

Kid põe mão sobre o ombro de Isa, mexe no cabelo dela. Duca vê, levanta, pega o casaco.

Kid: Vamos pedir uma pizza?

Duca: Eu vou embora.

Isa: Já? É cedo.

Duca: Quero saber o que aconteceu.

Isa: Me liga depois?

Duca: Depende da hora.

Isa: Liga hoje...

Duca: Amanhã eu te conto. Tchau.

Kid: Tchau.

CENA: COZINHA DE DUCA, INTERIOR, NOITE

Laerte está lavando a louça, Cléia está corrigindo provas. Duca entra, vai de um lado para o outro pegando as coisas para o seu jantar.

Duca: E o tio?

Cléia: Ligou há pouco, já está em casa.

Duca: Ele vai ser preso?

Laerte: Acho que não, vão só interrogar, ele ligou para a polícia, explicou tudo.

Cléia: É melhor não esconder nada.

Duca: O corpo ainda está lá?

Laerte: Não sei. Acho que sim.

Duca: E a mulher? Já sabe?

Laerte: Já, a polícia avisou.

Duca: E ela?

Laerte: Sei lá.

Duca (*pega uma banana e vai até o balcão*): Eles tinham filhos?

Cléia: Parece que não.

Duca: Por que o advogado quer esconder que o tio Éder esteve aqui?

Cléia termina com as provas, levanta.

Laerte: Acho que é pra não levantar suspeita.

Cléia: Suspeita de quê? Ele já não confessou? Vamos dormir?

Cléia sai.

Duca: O problema dessas histórias que não aconteceram não é o que a gente inventa. (*Em off.*) As partes que a gente esqueceu...

CENA: FRENTE DO PRÉDIO DE ÉDER, EXTERIOR, NOITE

Éder sai de seu prédio, apressado, quase tromba com uma VELHINHA, que olha bem para a cara dele.

Duca (*em off*): ...de inventar é que atrapalham. Por exemplo......alguém pode ter visto o tio Éder saindo de casa sozinho...

Éder entra no prédio com o advogado, quase trombam com uma Velhinha, que olha bem para a cara deles.

Duca (*em off*): ...ou voltando com o advogado.

CENA: SALA DE RECONHECIMENTO DE SUSPEITOS, INTERIOR

Éder no meio da fila de suspeitos. A Velhinha aponta para ele.

CENA: CELA, INTERIOR

Éder é fechado numa cela.

Duca (*em off*): Daí a polícia vai saber que ele tá mentindo. Que ele veio aqui antes de ligar pra eles. E vai suspeitar de alguma coisa.

CENA: COZINHA DE DUCA, INTERIOR, NOITE

Duca e Laerte conversam em pé no balão. Cléia surge na porta.

Cléia: Suspeitar de quê? Ele já confessou! Vamos dormir.

Duca: Suspeitar de alguma outra coisa. Se aconteceu tudo como ele disse, não precisava mentir.

Duca corta uma banana em rodelas, joga canela em pó sobre as rodelas, pega uma com um garfo. Laerte fica assistindo à demonstração de Duca.

Duca: Eu li uma história em que um cara disse que chegou em casa de carro e a mulher dele tava morta. Só que naquela noite tava nevando. E a polícia viu que não tinha neve debaixo do carro dele. Isso quer dizer que ele não saiu de carro, que ele tava mentindo, e era o assassino.

Laerte fica alguns segundos parado, tentando entender a explicação de Duca.

LAERTE: Isso é coisa de livro. Não estava nevando. Nem sempre as pessoas que mentem são assassinas. As pessoas mentem por vários motivos, quase que o tempo todo.

DUCA: É, acho que aqui a polícia não presta atenção nessas coisas...

CENA: SEQUÊNCIA DE MONTAGEM

Éder sai de casa, apressado, cruza com um JAPONÊS. Câmera segue o Japonês, que quase tromba com uma Velhinha, que olha bem para a cara dele.

LAERTE (*em off*): É, ou tem que prestar atenção em tantas coisas que acaba prendendo alguém que não tem nada a ver....

CENA: SALA DE SUSPEITOS, INTERIOR

Éder está entre os suspeitos. Velhinha aponta para o Japonês, que está ao lado de Éder. O Japonês faz cara de espanto.

CENA: CELA, INTERIOR

Japonês é fechado numa cela.

CENA: RUA, EXTERIOR, DIA

Éder passeia pela rua, livre, feliz da vida.

CENA: COZINHA DE DUCA, INTERIOR, NOITE

Laerte e Duca estão acabando de arrumar as coisas.

Duca: É, isso é. Acho que ninguém vai suspeitar de nada.

Cléia surge na porta, encara Laerte, irritada.

Laerte: Suspeitar de quê, filho? Ele é boa pessoa. Vamos dormir. Quer carona amanhã?

Duca: Quero.

CENA: ESCOLA, CALÇADAS, EXTERIOR, DIA

Duca chegando na escola.

Duca (*em off*): Na minha escola tem dois negros: eu o Genésio.

Duca vai entrando na escola no meio de uma multidão de alunos. É o único negro. Duca cumprimenta o PORTEIRO.

Duca: Oi, Genésio.

Genésio: Oi, Duca.

Duca (*em off*): No primário teve um outro aluno, mas ele só ficou um ano. Todo mundo na escola trata os outros quase sempre mal, brigando e chamando de idiota, essas coisas. Mas se você é negro e alguém te chama de idiota, a professora te defende mais do que precisava e briga com o cara, como se ele tivesse te chamado de idiota só porque você é negro. Então aqui ninguém me chama de idiota, só os meus amigos mesmo: a Isa, que é minha amiga desde a creche, e o Kid, que eu conheço há pouco tempo mas já é meu melhor amigo.

CENA: SALA DE AULA, INTERIOR, DIA

Duca senta em seu lugar, atrás de Isa. Kid está ao lado dela.

Duca (*em off*): O problema é que eu sou completamente apaixonado pela Isa. E é claro que ela é completamente apaixonada pelo Kid. E é claro que eu não posso contar nada disso para ninguém.

Isa se vira para falar com Duca.

Isa: Você podia ter ligado, eu fui dormir tarde. A gente ficou vendo um filme no sessenta e um.

Duca: Que filme era?

Isa: Não sei o nome, a gente não viu o começo. Era com o Andy Garcia e aquele outro cara que fez "Tootsie".

Duca: O Dustin Hoffman.

Isa: Isso.

Duca: É um que cai um avião, ele salva todo mundo e depois perde um sapato?

Isa: Esse. Bem legal, né?

Duca fica observando Isa.

CENA: QUARTO DE DUCA, INTERIOR, DIA

Duca, no computador, olha a programação da tv.

Duca (*em off*): "Herói por acidente". Eu já vi esse filme. É a história de um cara que se acha muito esperto, mas faz tudo errado. No fim acaba tudo bem. O cara não era tão esperto, mas tinha muita sorte. Começou à meia-noite e trinta. Terminou depois das duas... Estranho a Isa se lembrar da cena do sapato, que é bem no início. Ela disse que eles tinham perdido o início.

CENA: GALERIA, EXTERIOR, DIA

Duca e Kid olham as vitrines de uma loja de discos. Kid traz três cachorros pela coleira.

Duca (*em off*): E eles sempre põem o nome do filme de vez em quando, no meio. Se eles viram o filme, deviam saber o nome.

Kid: Duca, segura aqui, cara...

Duca segura os cães, Kid entra na loja. Duca fica na galeria, um pouco constrangido, segurando os cachorros. Kid volta.

Kid: Aquele duplo eu já vi por 22 no centro. Aqui está 35.

Duca: Quanto você ganha para passear com os cachorros?

Kid: Vinte reais.

Duca: Que merreca.

Kid: É melhor que limpar piscina, né?

Duca: Que horas você saiu da Isa ontem?

Kid: Tarde, depois das duas, eu acho. A gente ficou ouvindo um disco que eu gravei.

Duca fica em silêncio, observa Kid pelo reflexo da vitrine.

Duca (*em off*): Este é outro problema das histórias que não aconteceram, todo mundo que faz parte da história tem que combinar direito o que não aconteceu.

A Velhinha aponta para Kid e Isa numa sala de reconhecimento de suspeitos.

CENA: CASA DE DUCA, INTERIOR, DIA

Cléia toma café e lê o jornal.

CLÉIA: Duca, saiu a notícia! (*Lendo*) O empresário Paulo Roberto Wolker, 53 anos...

DUCA (*chegando na sala*): Qual é a manchete?

CLÉIA (*lendo*): Briga termina em morte de empresário.

DUCA: Tem foto?

CLÉIA: Não. (*Lendo*) Não. ...foi assassinado na noite de domingo, com um tiro no peito. O dono do apartamento e autor do disparo, o administrador de empresas Éder Fragoso, 31...

DUCA: Trinta e um? O tio Éder tem 29.

CLÉIA: O seu tio tem 31.

CENA: CARRO DE LAERTE, EXTERIOR

Laerte e Duca andando de carro. Duca lê jornal.

DUCA: Quantos anos tem o tio Éder?

LAERTE: Trinta, ele tem cinco menos que eu.

DUCA: Você tem 36.

LAERTE: É? É mesmo! Então ele tem 31. Continua, filho, continua!

CENA: FRENTE DA ESCOLA, EXTERIOR, DIA

Duca lê o jornal, Isa escuta.

Duca (*lendo*): ...Paulo Roberto era proprietário de hotéis e de uma distribuidora de alimentos. O casal não tinha filhos.

Eles caminham em direção à sala de aula. Duca dobra e guarda o jornal.

Isa: Ela era namorada do teu tio ou não?

Duca: Parece que foi, não era mais. Não sei.

Isa: Ele está preso?

Duca: Não.

Isa: Vai ser julgado?

Duca: Acho que sim.

CENA: SALA DE AULA, INTERIOR, DIA

Duca e Isa entram na sala de aula. Kid se aproxima, vindo logo atrás.

Kid: Viu o tio dele no jornal?

Isa: Vi.

Kid mostra o jornal, um bagaceiro, com uma mulher de calcinha na capa.

Isa: Esse é outro. Deixa eu ver.

Isa pega o jornal. Duca se aproxima dela para ler.

Isa: Marido ciumento leva chumbo. O inconformado tinha fama de brigão. No final do ano passado quebrou o Le Balcon ao encontrar a mulheruda com bigode de chope alheio. Agora a coisa foi mais longe. O ex-corno, de arma em punho, foi tirar satisfação do novo amiguinho da moça. Tomou porrada e acabou chumbado.

Duca: Diz a mesma coisa que o outro.

Kid: Nossa, olha a namorada do seu tio, cara. Bem bonitinha...

Duca e Isa olham para a foto, uma mulher loira, bonita, vestido preto, brincos, óculos escuros, batom, cabelo arrumado. Legenda da foto: A viúva ficou muito bem de preto.

Ana Paula, muito bonita, se aproxima.

Ana Paula: O que foi?

Isa: O tio do Duca...

Kid: ...matou um cara.

Ana Paula: Como? (*Para Duca*) De carro?

Kid: Não, com um tiro.

Ana Paula: Sério? Ele foi preso?

Duca: Não, foi legítima defesa.

Cada um vai para o seu lugar, a professora entra e cumprimenta todos.

CENA: PÁTIO DA ESCOLA, EXTERIOR, DIA

Isa e Duca sentados num banco no pátio da escola.

Isa: Quer estudar junto para a prova de biologia?

Duca olha pra Isa, que vai tirando o pulôver em super slow.

Duca (*em off*): Será que ela vai convidar o Kid também? Se for, é melhor eu não ir.

A velocidade da ação de Isa volta ao normal, ela vira a cabeça pra ele esperando resposta.

Duca: Pode ser, não sei.

Isa: E quando é que você vai saber?

Duca olha pra Isa, que faz uma bola com o chiclete, em super slow.

Duca (*em off*): Eles vão ficar sozinhos, no quarto dela, estudando biologia... É melhor eu ir.

Duca: Tá bom, topo.

Kid se aproxima. No banco há um lugar vago ao lado de Isa. Duca se mexe no banco, diminui o espaço, para não deixar lugar para Kid ao lado de Isa.

Duca (*em off*): O Kid vai sentar do lado dela. É melhor mudar de assunto, falar do meu tênis novo. É melhor não deixar lugar pra ele.

Kid senta no pequeno espaço que sobrou ao lado de Isa.

Kid: Qual é que é o assunto da prova de biologia?

Isa: Eu estava...

Duca (*ao mesmo tempo*): A polícia descobriu que o meu tio atirou de longe.

Kid: Quê?

Duca (*ao mesmo tempo*): A polícia descobriu que o meu tio atirou de longe. O cara estava de frente para ele na hora do tiro.

Isa: Isso é importante?

Kid interessa-se pelo assunto de Duca, levanta e vai sentar-se ao lado dele.

Kid: O quê?

Duca: É, ele disse que eles brigaram e a arma disparou, mas não foi. O tiro foi de longe.

Kid: Como é que eles sabem disso?

Isa: Isso é mole, o tiro de perto deixa marcas de pólvora.

Kid: Ah... (*Olhando para o tênis de Duca*) Olha lá... É novo?

Duca: É.

Kid: Bacana, parece tênis de negrão. (*Pausa, olha para Duca*) Desculpe.

Duca e Isa (*rindo*): Dãããã!

Kid fica constrangido.

Isa (*para Kid*): Quer estudar junto pra prova de biologia?

Duca pára de rir.

CENA: CASA DE DUCA, INTERIOR, DIA

Duca entra em casa. Laerte e Cléia estão almoçando, em silêncio.

Duca: O que foi?

Cléia: O que foi o quê?

Duca: Por que a televisão está desligada?

Cléia: Não tem ninguém assistindo.

Duca: Aconteceu alguma coisa?

Duca senta.

Cléia: Nada.

Laerte e Cléia se olham, ele olha para Duca.

LAERTE: Duca... Seu tio foi preso.

DUCA: Por quê?

LAERTE: Eles examinaram a arma e não encontraram impressões digitais.

DUCA: Não encontraram?

LAERTE: Não, nenhuma. Nem as dele. O imbecil limpou a arma antes de entregar para a polícia.

Laerte pega seu prato e leva para a cozinha.

DUCA: Por que ele limpou a arma?

LAERTE: Foi o que eles perguntaram. Aí o idiota disse que limpou a arma porque pensou em fugir. Você acredita num negócio desses, Duca? Ele disse pra polícia, no depoimento, que pensou em fugir. E, pior: a mulher ainda deu dinheiro para ele.

CLÉIA: Era o pagamento de um trabalho, ele explicou.

LAERTE: Sei... Mas não é difícil imaginar que parte do "trabalho" era matar o cara. Ela virou uma viúva bem rica.

CLÉIA: Ele não vai ficar preso muito tempo, filho.

LAERTE: Não sei não.

Cléia (*para Duca*): Ele te mandou um abraço. Não te preocupa, vai dar tudo certo.

Duca: Eu posso visitar ele na prisão?

Laerte: Acho que sim.

Cléia: Pode ser perigoso.

Laerte: Perigoso por quê?

A mãe não diz mais nada, mas faz uma cara de "não sei...".

CENA: CASA DA ISA, INTERIOR, DIA

Isa, Duca e Kid no quarto. Isa, sentada de frente para Kid, fala, gesticulando muito, evidentemente se exibindo para ele, que mal percebe.

Isa: Ahn, pela circulação do sangue, os órgãos do corpo recebem oxigênio, aminoácidos, hidratos de carbono, água, sais minerais e hormônios. Você sabe o que é, né, hormônios e tal...?

Isa continua falando ao fundo.

Duca (*em off*): Coisa irritante é ver a Isa se exibindo para o Kid. Botando o cabelo pra trás da orelha pra mostrar mais o rosto, mudando de lugar na cadeira toda hora, dando uns risinhos que normalmente ela não dá e se fazendo de muito esperta.

Kid: Antígeno aglutinogêneo?

Isa: Isso não vai cair na prova, é só saber que tem dois tipos, o A e o B.

Isa inclina-se para Kid, que está sentado na cama com um livro na mão.

Duca (*em off*): E o que me deixa mais irritado é que ele não percebe nada disso.

Isa: Existem quatro tipos de sangue: o tipo A (*Isa aponta para si mesma*), o tipo B (*aponta para Kid*), o tipo AB (*aponta para Kid e para si mesma*) e o tipo O (*aponta para Duca*).

Kid: Que tipo ó que é esse?

Isa: Calma...

Isa põe a mão na perna de Kid.

Duca (*em off*): Olha lá... Agora ela aproveitou a pergunta pra chegar mais perto dele.

Duca: Vocês estão com fome?

Kid: Acho que eu tô, cara.

Isa: O tipo AB tem os dois antígenos e nenhum anticorpo. O tipo O não tem nenhum antígeno e tem os dois anticorpos.

Duca: Eu estou com muita fome.

Kid: Eu também.

Isa: Tem pizza congelada e sorvete.

CENA: COZINHA DA CASA DE ISA, INTERIOR, DIA

Duca, Isa e Kid comem sorvete.

DUCA: Vou visitar meu tio na prisão. Querem ir junto?

ISA: Eu quero.

KID: Tá louca?

ISA: Por quê?

KID: Uma mulher na prisão?

DUCA: Qual o problema? A maior parte das visitas é de mulheres.

KID: Tá, mas é perigoso, cara.

DUCA: Esse lugar em que ele está não é tanto. É de presos menos perigosos.

KID: E se tiver um motim?

ISA: Já pensou? Eu vou. (*Isa aproxima-se de Duca.*) Quando?

DUCA: Pra visitar tem que ter autorização. Tia Dulce vai ter que assinar uns papéis. Será que ela deixa?

ISA: Minha mãe? Periga até ela querer ir junto. Claro que deixa.

KID: Vocês estão loucos.

O forno de microondas apita.

KID: Olha lá, a pizza ficou pronta.

CENA: CASA DE DUCA, INTERIOR, DIA

Laerte fala ao telefone.

LAERTE: Quanto? (...) Isso é o total, né? (...) É, Rogério, é caro, mas fazer o quê? (...) Tudo bem, eu mando o cheque pra você amanhã. Escuta, o documento para o Luís Carlos e a amiga entrarem é só este? (...) Tá reconhecida. (...) Tá bom. Obrigada, Rogério. (...) Tá, um abraço.

Ao fundo, Lucas vê televisão, Isa e Cléia preparam algo na cozinha. Laerte desliga o telefone. Com um documento na mão, se aproxima de Isa, que está no balcão, em frente a Cléia. Elas estão preparando uma "quentinha" para Duca levar ao presídio.

LAERTE (*entregando o documento a Isa*): Ele disse que é assim mesmo, é só mostrar isso e sua carteira de identidade.

ISA: Obrigada, tio.

DUCA: E o que mais ele disse?

Laerte se aproxima de Duca.

LAERTE: Ele não vai poder responder ao inquérito em liberdade.

Cléia: Por que não?

Laerte olha para Cléia, ela se afasta.

Laerte: Ele não é réu primário.

Duca: Por que não?

Laerte: Seu tio foi preso uma vez, por uma bobagem.

Duca: Que bobagem?

Laerte: Uma briga. (*Vira-se e anda em direção à porta.*) Eu também briguei, mas ele disse que foi só ele, para livrar a minha cara. Ficou preso uns dias.

Cléia se aproxima de Laerte com a quentinha na mão.

Cléia: E agora?

Laerte: O Rogério vai tentar o habeas corpus. Mas pode demorar.

Laerte dá dinheiro a Duca.

Laerte: Vão de táxi.

Duca e Isa no hall. Cléia e Laerte na porta.

Duca: A gente pode ir de ônibus.

Cléia: Não, Não quero vocês andando por aquelas ruas. Tá?

Isa: Tchau, tia.

Cléia: Juízo, tá, Isa? Um beijo.

CENA: ELEVADOR DO PRÉDIO DE DUCA, INTERIOR, DIA

Isa e Duca entram no elevador.

Isa: A casa da Francis é lá perto e eu sempre vou lá de ônibus. Vai sobrar pra gente comprar uns cedês.

CENA: GALERIA, VITRINE DE LOJA DE DISCOS, INTERIOR, DIA

Isa e Duca escolhendo discos numa loja.

Isa: Um original ou quatro piratas?

CENA: CAMELÓDROMO, EXTERIOR, DIA

Duca e Isa no meio da multidão procurando discos pelo camelódromo.

CENA: ÔNIBUS, INTERIOR, DIA

Duca e Isa, no ônibus, deixam o centro da cidade, escutando um walkman, cada um com um dos fones, olhando pela janela.

O ônibus passa por ruas cada vez mais pobres.

CENA: PRESÍDIO, EXTERIOR, DIA

Duca e Isa vão caminhando ao lado da fila de visitantes do presídio. A câmera passa lentamente pelo rosto de todos e acaba no rosto de Duca e Cléia, que olha para a câmera, já em seu lugar na fila.

CENA: PRESÍDIO, INTERIOR, DIA

Duca e Isa na revista da entrada do presídio. O guarda termina de examinar os documentos de Isa e guarda numa gaveta. Depois examina a bolsa dela e pega algo na mão.

GUARDA: O que é isso?

ISA: Uma caneta do pokemon.

GUARDA: Vai ter que ficar.

ISA: Por quê?

GUARDA: Porque alguém pode ser morto com isso.

ISA: Ah, não acredito!

DUCA: Vamos.

CENA: PÁTIO DO PRESÍDIO, EXTERIOR, DIA

Isa e Duca entram no pátio do presídio.

DUCA: Nunca pensei que fosse possível matar alguém com uma caneta do pokemon.

ISA: Acha que dá para matar alguém com um cedê?

DUCA: Não sei, só se o cedê for muito ruim.

Isa ri.

Isa e Duca sentam num banco, entre outros visitantes. Os presos começam a chegar.

ISA: Eu achava que ia ter um vidro ou uma grade separando a gente dos presos...

DUCA: Por isso que eles revistam na entrada.

Éder surge no meio dos presos, vê Duca, se aproxima, sorrindo, e o abraça.

ÉDER: Oi, Duca. Que saudade, rapaz!

Éder olha para Isa.

DUCA: Essa é Isa, minha amiga. Eu convidei ela para vir junto.

Éder ri.

ÉDER: Tudo bem?

ISA: Tudo.

Éder olha para Duca.

Duca: O pai e a mãe mandaram um abraço.

Éder agradece com um gesto.

Duca: Como é que você está?

Éder: Tudo bem. A comida é horrível, mas tudo bem. E você?

Duca: Tudo bem também.

Éder dá uma olhada de lado para Isa e depois para Duca e dá um sorrisinho com segundas intenções.

Éder: E o colégio?

Duca: Tudo bem.

Éder olha para a Isa e outra vez para Duca.

Duca: Está precisando de alguma coisa?

Éder olha para Duca e Isa por alguns segundos antes de se decidir a falar.

Éder: Você podia me fazer um favor?

Duca: Faço, o quê?

Éder olha para os lados, levanta. Duca e Isa ficam olhando para ele, sem entender. Éder faz um gesto, chamando Isa e Duca. Eles levantam e vão atrás dele. Sentam num lugar mais afastado.

Éder: Manda um recado para a Soraia?

Duca: Quem é Soraia?

Isa: É a mulher do cara.

Éder olha para Isa com uma cara meio estranha, como quem diz: "como é que você sabe"?, e ela também faz uma cara meio estranha e olha para outro lado.

Éder: Mas não conte nada para o seu pai.

Duca: Tudo bem.

Éder: Diz para ela ficar tranqüila.

Pausa.

Éder: Você fala para ela ficar tranqüila. Tá? Diz pra ela não vir me visitar de jeito nenhum. Tá, se ela perguntar como é que eu tou, diz que eu tou bem. Eu tou bem e eu tenho a convicção de que tudo vai dar tudo certo. Você diz?

Duca: Digo, mas eu não tenho o endereço.

Éder. Rua Brigadeiro Afrânio de Mello Souza...

Duca: Eu não tenho como anotar.

Isa: A gente decora.

Éder: Isso, Ciça...

Isa: Isa.

Éder: Rua Brigadeiro Afrânio de Mello Souza,

setecentos e trinta e um, bloco um, cobertura dois.

Duca: Rua Brigadeiro Afrânio de Mello Souza, setecentos... e trinta e um...

Isa: Bloco um, cobertura dois.

Duca: Rua Brigadeiro Afrânio de Mello Souza, setecentos e trinta e um, bloco um, cobertura dois.

Éder dá um abraço em Duca.

Éder: Diz pro teu pai pra tirar o dinheiro da minha conta... (*A voz vai ficando ao fundo.*)

Duca (*em off*): Brigadeiro Afrânio de Mello Souza, setecentos e trinta um, bloco um, cobertura dois. Brigadeiro Afrânio de Mello Souza, setecentos e trinta e um, bloco um, cobertura dois. Brigadeiro Afrânio de Mello Souza, setecentos e trinta e um, bloco um, cobertura dois.

CENA: FRENTE DO PRESÍDIO, EXTERIOR, DIA

Duca e Isa saem do presídio.

Duca: Você lembra o endereço?

Isa: Sete, três, um, bloco um, cobertura dois, rua Brigadeiro Afrânio de Mello Souza.

Duca: Eu decorei ao contrário, com o nome da rua na frente.

Isa: A gente tem que pegar o 514 para ir direto para o centro.

Duca (*em off*): Rua Brigadeiro Afrânio de Mello Souza, setecentos e trinta e um...

Isa: O 514!

O ônibus 514 se aproxima, eles correm.

CENA: ÔNIBUS, INTERIOR, DIA

Duca e Isa sentam no ônibus. Duca pega um dos discos para olhar. Isa vê uma mulher escrevendo alguma coisa.

Isa (*grita*): Minha caneta!

Isa levanta e dá sinal pra descer.

CENA: RUAS, EXTERIOR, DIA

Ônibus passa e vemos Isa e Duca na calçada.

Duca (*em off*): A gente não devia ter descido aqui. É um lugar péssimo pra caminhar.

Isa e Duca começam a caminhar pelas ruas de um bairro pobre.

Duca: Eu podia ter pegado a caneta na semana que vem.

Isa: Tá louco, imagina se eles vão guardar a minha caneta.

Duca e Isa caminham em direção ao presídio.

CENA: PORTÃO DO PRESÍDIO, EXTERIOR, DIA

Duca, encostado num poste, observa Isa, que desdobra o guarda no portão do presídio.

Guarda: Você devia ter pego antes de sair.

Isa: A gente não sabia.

Guarda: Não, guria, já disse que não.

Isa e o guarda continuam conversando ao fundo, vozes em segundo plano.

Duca (*em off*): É ruim desse cara deixar a gente entrar. Se ele achou que uma caneta do pokemon podia matar alguém, agora ele deve estar achando que a gente voltou pra organizar uma fuga em massa. (*Duca sorri olhando em direção a Isa.*) E só podia ser a Isa para cumprir essa missão.

Isa está falando e fazendo uma carinha simpática pro cara. Isa olha para Duca.

Duca (*em off*): Essa carinha que ela faz de irritada, mas ao mesmo tempo achando tudo um pouco engraçado, é mais perigosa do que cem canetas pokemóns juntas.

O cara deixa Isa entrar. Isa olha para Duca, sorri e entra. Logo depois ela surge, empunhando a caneta, vitoriosa. Eles saem.

CENA: PARADA DE ÔNIBUS, EXTERIOR, ENTARDECER

Duca e Isa estão na parada de ônibus. Isa tira os cedês da bolsa, Duca pega um deles.

Duca: Esse eu quero ficar.

Isa: Tá bom, mas depois você grava pra mim.

Duca: Tá.

Eles estão examinando os cedês quando TRÊS HOMENS se aproximam juntos e um mais atrás.

Duca: Esse eu também quero.

Isa: Tá, mas você grava pra mim também.

Duca: Certo, gravo.

Homem 1: E aí? Qual é que é a desses cedês gringos aí? Pô, deixa eu ver a parada aí.

Isa se afasta.

Homem 1: Quantos cedês... Consegue unzinho para mim?

O Homem toca o cabelo dela.

Isa: Não enche!

Isa sai correndo. Os Homens estranham o exagero da reação dela.

Homem: Qual é que é, meu? A mina viajou...

Duca fica olhando para os caras. Eles riem, mas não parecem muito ameaçadores. Duca sai correndo atrás de Isa.

Duca e Isa correm.

Isa se encosta num poste, sem fôlego. Duca se aproxima. Os dois ficam parados alguns segundos, recuperando o fôlego.

Isa avista um ônibus e sai correndo, gesticulando. Duca a segue, correndo. O ônibus pára e ela entra correndo, seguida por Duca.

CENA: ÔNIBUS, INTERIOR, DIA, ENTARDECER

Duca e Isa sentam na frente do ônibus, ofegantes. Isa olha para o espelho do motorista e vê os três homens, fica assustada e levanta. Duca olha para trás e lá estão os três homens de quem eles tinham fugido na parada de ônibus. Isa começa a bater na porta da frente do ônibus.

Isa (*gritando e batendo na porta*): Abre a porta! Abre a porta! Eu quero descer do ônibus! Abre!

Todos no ônibus olham para ela, os três caras morrem de rir.

Isa: Abre essa porta! Socorro! Abre!!

O ônibus pára, todo mundo olhando para os dois, os caras rindo. A porta da frente se abre. Eles descem.

Motorista: Tá louca?

CENA: RUA, EXTERIOR, ENTARDECER

O ônibus parte deixando Isa e Duca na calçada.

Isa: Cacete!

Um outro ônibus, 514, se aproxima. Isa, atravessando a rua, gesticula freneticamente. O ônibus pára. Isa e Duca entram correndo.

CENA: ÔNIBUS, INTERIOR, DIA/ ENTARDECER/NOITE

Isa e Duca sentam no ônibus, ofegantes. Ficam alguns segundos em silêncio. Duca sorri. Isa olha para ele, séria. Ele fica sério. Ela olha para frente. Ele sorri. Ela olha para ele e sorri. Ele ri. Os dois começam a rir.

Param de rir, ficam alguns segundos em silêncio.

Duca: Você lembra o endereço da mulher?

Isa: Que mulher?

CENA: ESCOLA, INTERIOR, DIA

Isa conta o assalto para uns colegas, Duca observa.

Isa: Daí os caras correram atrás da gente, não foi, Duca? Eu acho que eles tinham uma faca.

CENA: ESCOLA, SALA DE AULA, INTERIOR, DIA

Isa contando o assalto para outro grupo de amigos, Duca entre eles.

Isa: Uma faca assim, desse tamanho. E, se tinham uma faca, também deviam ter uma arma, né?

CENA: ESCOLA, PÁTIO, EXTERIOR, DIA

Isa contando o assalto para a servente da escola, Duca ao fundo.

Isa: Daí os caras invadiram o ônibus atrás da gente, e a gente teve que fugir pela porta da frente, não foi Duca??

CENA: ESCOLA, ARQUIBANCADA DO GINÁSIO, INTERIOR, DIA

Atletas praticam esportes no ginásio. Isa contando o assalto para Kid e duas meninas (uma delas, Ana Paula), Duca um degrau acima, na arquibancada.

Kid: Ô Duca, você não fez nada, cara?

Duca: Uns caras grandões... três contra um!

Kid (*aponta para Isa*): Três ou quatro?

Isa: Quatro, eram quatro caras.

Duca: Eu vi três.

Isa: Você é cego? Tinha outro cara na parada e que não fez nada para impedir o assalto, devia estar com eles.

Duca: O cara só tava esperando o ônibus. Ele nem viu que era um assalto, por isso não fez nada. Eu mesmo não vi que era um assalto.

Isa: Foi por isso que você também não fez nada?

Duca (*muito irritado*): Claro! Você saiu correndo feito uma louca só porque um cara pediu para ver um cedê.

Isa: É bom saber que você não acredita em mim.

Isa sai, furiosa. Kid sai trás dela. As meninas também.

Duca (*em off*): Eu sou um idiota...

CENA: SAÍDA DA ESCOLA, EXTERIOR, DIA

Duca sai da escola e vê Isa conversando com Kid. Os três caminham por duas alamedas paralelas que se encontram no final.

Duca (*em off*): ...vou brigar com a Isa logo na hora que ela estava toda empolgada com uma história da gente. Será que adianta eu dizer que ela tinha razão, que eram quatro caras? Não, é melhor fingir que não aconteceu nada.

Eles se encontram no final das duas alamedas. Kid e Isa param de falar.

Duca: Lembrei o nome da rua. É... Brigadeiro Afrânio de Mello Souza, bloco um, cobertura dois. Só não lembro do número do prédio.

Isa: Nem eu.

Duca: Mas eu vou procurar todos os prédios que têm dois blocos.

Isa: Boa sorte.

Kid: Eu vou contigo.

Isa olha para Kid, de cara.

Duca (*em off*): Agora é o Kid que vai ter uma história para contar sem ela, e ela deve estar morrendo de inveja, mas agora não pode voltar atrás tão rápido e dizer que também quer ir.

Os alunos saem pelo portão da escola. Isa vai para um lado, Kid e Duca para outro.

CENA: RUA BRIGADEIRO AFRÂNIO DE MELLO SOUZA, EXTERIOR, DIA

Duca e Kid numa grande rua com muitos prédios.

Duca: Você vai pelo lado par, eu vou pelo ímpar.

Kid: Tá bom.

Duca: É só você perguntar nos prédios que podem ter dois blocos. Te prepara que a rua tem uns três quilômetros.

Kid: Como é que você sabe?

Duca: A gente está no número 3.450. Os números são a distância em metros pro início da rua.

Kid: Pô, então essa rua deve ter uns 200 prédios.

Imagens dos dois perguntando a vários porteiros que respondem não.

Duca (*em off*): Três mil quatrocentos e cinqüenta metros... se cada prédio tiver em média um terreno de vinte metros, são... 172 prédios e meio de cada lado, quer dizer... 345 dos dois lados. Essa rua tem muito prédio grande que pode ter dois blocos, digamos uns 30%... 30% de 345 dá...

Porteiro: Por que você quer saber se ela mora aqui?

Duca: Eu sou sobrinho do Éder, amigo dela, preciso falar com ela.

Porteiro: Só um momento, como é seu nome?

Duca: Luís Eduardo. Duca.

Duca faz sinal para Kid, do outro lado da rua. Ele atravessa, correndo.

Porteiro: Ele tá contigo?

Duca: Está, é meu amigo.

Porteiro: Qual é o nome dele?

Duca (*para Kid*): Como é o seu nome?

Kid: Leonardo.

Duca: É Leonardo.

O porteiro toca no interfone.

Porteiro: Dona Soraia? O Luís Eduardo, sobrinho do seu Éder, quer falar com a senhora. Pode subir?

O porteiro abaixa o telefone.

Porteiro: Éder de quê?

Duca: Éder Fragoso.

Porteiro: Fragoso. Éder Fragoso.

O porteiro desliga o telefone.

Porteiro: Tudo bem, pode subir.

Duca e Kid entram no prédio, chiquérrimo.

CENA: HALL DO APARTAMENTO DE SORAIA, INTERIOR, DIA

Duca e Kid saem do elevador, o hall do apartamento é muito chique também, com um vaso enorme e um quadro. Duca e Kid caminham em direção a uma das portas. A luz se apaga e eles ficam no escuro total.

KID: Cadê a luz?

DUCA: Sei lá.

Barulho de tropeção e de vaso caindo, água derramando.

KID: Cacete!

A porta se abre.

Kid e Duca estão caídos, embolados no chão. Duca começa a olhar pra cima, bem devagarzinho: no ponto de vista dele a câmera vai lentamente dando aquela subida clássica pelo corpo espetacular de uma moça de biquíni.

A câmera revela o rosto de Soraia, sorrindo.

SORAIA: Estão procurando alguma coisa?

Duca e Kid levantam.

DUCA: Não, é que a gente caiu aqui.

SORAIA: Eu detestava esse vaso.

Duca: Desculpe, é que a gente ficou no escuro.

Soraia: Sério. Eu detestava este vaso. Ele também é sobrinho do Éder?

Duca: Não, ele é meu colega, o nome dele é Leonardo.

Soraia: Entrem!

CENA: APARTAMENTO DE SORAIA, INTERIOR, DIA

Duca e Kid entram. Soraia fecha a porta.

Soraia: Fiquem à vontade. Vocês podem sentar ali.

Acompanha eles até o sofá.

Soraia: Querem tomar alguma coisa?

Duca: Não, obrigado.

Duca e Kid sentam no sofá. Soraia senta na mesinha de frente e bem próxima deles.

Soraia (*para Duca*): Você não é muito pequeno para ser colega dele?

Duca: Ele é que é muito grande... Repetiu duas vezes.

Soraia: O que é que vocês vieram fazer aqui?

Duca: Só trazer um recado do tio Éder.

Soraia: Qual o recado?

Duca: Ele disse para a senhora ficar tranqüila.

Soraia (*rindo*): Senhora?

Duca: Para você. Para você ficar tranqüila. Que ele está bem.

Soraia: Ele quem?

Duca: Tio Éder, seu namorado.

Soraia: Ah, claro!

Duca: Que não é para você visitar ele, de jeito nenhum. E que vai dar tudo certo.

Soraia (*olhando para Kid*): Que bom. (*Vira-se para Duca*) E o que mais?

Duca: Mais nada.

Soraia: Tá bom.

Longo silêncio. Duca vê, ao lado da piscina, um robotclear.

Duca (*aponta, fala para Kid*): Um robotclear...

Soraia (*olha na direção da piscina*): Não funciona, está quebrado.

Duca: Deve ter trancado a correia. Tranca muito.

Soraia: Você sabe consertar? Minha piscina está ficando verde.

Duca: Pode ser.

Soraia: Por favor?

Duca levanta, deixa Soraia e Kid e vai até a piscina.

CENA: PISCINA, EXTERIOR, DIA

Duca encontra o robotclear ao lado da piscina. Abre o aparelho. Enquanto mexe na máquina, vê, sobre a mesinha, um relógio masculino, um cinzeiro com cinzas de cigarro e um copo de uísque. Observa também um calção molhado sobre uma cadeira. Presta atenção em outras coisas: dois pares de óculos de natação e um par de chinelos masculinos.

CENA: SALA DE SORAIA, INTERIOR, DIA

Duca volta para a sala. Soraia e Kid estão no bar/churrasqueira. Um telefone toca no andar de baixo. Duca olha para baixo e vê, através do vão da escada, só os braços de um cara, com uma tatuagem.

Duca (*para Soraia*): Está funcionando.

Soraia: Mesmo? Obrigado!

Duca (*para Kid*): Vamos?

CENA: HALL DO APARTAMENTO DE SORAIA, INTERIOR, DIA

Soraia na porta e Duca e Kid chamando o elevador.

Duca: Desculpe pelo vaso.

Soraia: Imagina!

Soraia olha para baixo e percebe que Duca e Kid estão com os pés numa poça de água e lama (formada pelo vaso que quebrou). Dá um sorriso. Eles olham para baixo e vêem a sujeira toda. Ouve-se o barulho do elevador que chegou.

CENA: PORTARIA DO PRÉDIO DE SORAIA, INTERIOR, DIA

Duca e Kid deixam um rastro de barro no elevador e no tapete da portaria.

O porteiro está molhando a grama e eles caminham rapidinho até o portão do prédio. O portão está fechado e o porteiro vai até a portaria para abrir.

Uma mulher está entrando de carro no prédio, o portão da garagem começa a abrir. Duca e Kid saem correndo na direção do carro, se abaixam para passar pelo portão. Duca quase cai e tem que se apoiar no carro da mulher. Ela se assusta, começa a buzinar e acelera para entrar logo na garagem. A porta não está toda aberta e ela entra raspando o teto do carro. O porteiro grita, mas

Duca e Kid, correndo, já estão quase na outra esquina.

CENA: ESCOLA, INTERIOR, DIA

Kid conta a história para Ana Paula, outra menina e um menino. Duca ao fundo.

Kid: Tô te falando, se o porteiro tivesse visto como ficou o tapete do prédio, a gente tava ferrado. A gente tava ferrado, cara! ...eu voei por cima do capô, a mulher acelerou e ferrou o teto do carro dela todo, foi não, Duca?

CENA: ESCOLA, SALA DA AULA, INTERIOR, DIA

Kid conta a história para um grupo de cinco amigos, Duca ali.

Kid: Um vaso daquele tamanho, se cai em cima da gente, sério, mata. Não é não, Duca?

CENA: ESCOLA, PÁTIO, EXTERIOR, DIA

Kid conta a história para o servente da escola. Duca ao fundo, observando.

Kid: ...muito gostosa, cara, nuazinha, praticamente nua, dando em cima da gente e o caramba. Não é não, Duca?

Isa vem chegando.

Isa: Quem?

Kid muda de tom.

Kid: A namorada do tio do Duca, muito safada. Eu vi logo que aquilo era chave de cadeia, me afastei. Eu fico indignado...

CENA: ESCOLA, EXTERIOR, DIA

Duca e Isa sentados num banco. Isa virada de frente para o encosto do banco. Duca olhando pra ela. Kid contando a história para um grupo ao fundo.

Duca: Posso contar um segredo?

Isa: Pode, claro.

Duca: Eu não contei pro Kid, mas quando a gente esteve lá, eu vi que tinha um cara na casa da namorada do meu tio.

Isa: E aí?

Duca: É óbvio que o cara era namorado da mulher. Eu não sei se o tio Éder sabe que ela tem um outro namorado, mas acho que não. E eu não sei se conto para ele.

Isa: Acho melhor não contar.

Duca: Por que não?

Isa: Sei lá... É muito humilhante. Se o meu namorado tivesse uma história com alguém, eu preferia não ficar sabendo por outra pessoa.

Duca: É?

CENA: CASA DE DUCA, INTERIOR, DIA

Laerte e Duca na mesa. Duca prepara a mochila para sair. Cléia está deitada no sofá, vendo tv.

Cléia: Você sabe se a namorada dele já foi no presídio?

Laerte: Acho que não.

Laerte vai até a cozinha.

Duca: Não foi.

Cléia: Como é que você sabe?

Duca: Ele me disse que não queria que ela fosse.

Cléia: Por quê?

Duca: Isso ele não me disse. (*Vai até o sofá, dá um beijo em Cléia.*) Eu já vou.

Cléia: Vê se dessa vez você pega um táxi!

Duca: Tá bom.

Duca sai em direção à porta. Laerte senta-se no sofá, com um prato de pipocas, esperando Duca sair. Quando a porta se fecha, Laerte e Cléia começam a se agarrar no sofá.

Do outro lado da porta, Duca ri, escutando os risos dos pais, e sai.

No sofá, Cléia interrompe a série de beijos.

Cléia: Peraí... Você não acha estranho ela não ter ido visitar o Éder nenhuma vez?

Laerte: Ele pediu para ela não ir.

Cléia: Por quê?

Laerte: Se eu tivesse uma mulher daquelas também não queria ver ela entrando num presídio.

Cléia: Daquelas como?

Laerte (*enrascado*): Daquelas... daquele tipo.

Cléia: Que tipo?

Laerte vira-se para Cléia.

Laerte: Assim... Com roupas justas... Vulgar...

Cléia: Vulgar... Sei. (*Cléia pega o prato de pipocas do colo de Laerte, coloca as pernas sobre as dele, e recosta-se.*) O Éder mata o sujeito por causa da namorada e ela nem pra visitar ele na cadeia?

Laerte: Talvez eles tenham alguma coisa para esconder.

Laerte pega as pipocas, que estão com ela.

Cléia: Se eles tivessem alguma coisa a esconder, ele ia dizer para ela ir lá, seria o natural. (*Cléia recosta-se e pega novamente o prato de pipocas.*) Eles não são namorados? Só se o Éder for muito idiota para pedir para ela não ir lá.

Laerte, pegando o prato de pipocas.

Laerte: Meu amor... ele é um idiota.

Cléia: É...

Os dois comem pipoca, olhando televisão.

CENA: PRESÍDIO, INTERIOR, DIA

Éder, com um curativo perto do olho, sentado na frente de Duca.

Duca (*em off*): O que foi isso?

Éder: Nada, bobagem, uns caras aí estavam... E aí? Deu o recado?

Duca: Dei.

Éder: E ela?

Duca: Disse "que bom"!

Insert da cena de Soraia.

Soraia: Que bom!

Volta pro Éder na prisão.

Éder: Que bom? Foi isso que ela disse?

Duca: Foi.

Éder: E o que mais ela disse?

Duca: "E o que mais?"

Éder: O que mais ela disse?

Duca: Foi isso que ela disse. Perguntou "e o que mais?"

Insert de Soraia novamente.

Soraia: E o que mais?

Volta pro Éder na prisão.

Éder: Ah, tá? E você?

Duca: "Mais nada."

Éder: Mais nada, cara? Você não falou mais nada?

Duca (*impaciente*): Não, tio. Ela perguntou: "e o que mais?" e eu respondi "mais nada".

Éder: Ah... Tá, calma. Como é que ela tava?

Duca: Como assim?

Éder: Estava bem?

Duca: Estava ótima.

Éder (*muito nervoso*): Estava ótima? Como "estava ótima"?

Duca: Não, tio. Estava bem. Estava bem.

Éder: Ah, tá, pô... Fica assustando a pessoa aí...

Éder e Duca estão sentados lado a lado, ainda no pátio do presídio.

Éder: Ela é bonita, não é?

Duca: É, muito bonita.

Éder: Como é que ela estava vestida?

Duca: Ela...

Insert da cena de Soraia abrindo a porta, de biquíni.

Volta pra Duca na prisão.

Duca: Não reparei.

Éder e Duca estão caminhando lado a lado.

Éder: Você disse para ela não vir me visitar de jeito nenhum, não disse?

Duca: Disse.

Éder: E ela?

Duca: Ela disse que tudo bem.

Éder avança um pouco em relação a Duca.

Éder: Eu tenho medo que ela faça alguma bobagem, coitada.

Duca, caminhando um pouco mais atrás, fica olhando pro tio.

Duca (*em off*): Meu pai tem razão, o tio Éder é mesmo um idiota.

Éder vira-se para Duca.

Éder: Você deve estar pensando que eu sou idiota, não está?

Duca: Não, tio, claro que não.

Éder: Mas vai dar tudo certo, cara. O marido dela era um imbecil, violento. O cara já brigou com um monte de gente. O cara não tem embasamento pra discernir nada. Sabe quando a pessoa não tem embasamento pra discernir nada? O cara não tem. O cara só andava armado. Não aceitava a separação, foi na minha casa... Eu não tenho arma, nunca tive. Pô, cara, eu nunca dei um tiro na vida.

Duca: Só um, né, tio?

Éder: Qual?

Duca: Esse tiro.

Éder: Ah. Pois é, esse fui eu que dei. Esse foi o primeiro tiro...

Pausa. Éder volta a caminhar. Duca fica parado.

CENA: ÔNIBUS, EXTERIOR, DIA

Duca fica lembrando da conversa com o tio, enquanto surgem imagens do seu jogo no computador: uma arma, um telefone fora do gancho, uma foto da mulher na parede.

Cena de Éder e Duca na saída do presídio (ou da "área para visitantes"). Um de cada lado de uma grade.

Duca: Por que você limpou a arma?

Éder: Pois é, cara... Foi uma besteira, uma bobagem, né?

Volta para a cena de Duca no ônibus, lembrando, e em seguida para a cena da saída do presídio. Um de cada lado da tela.

Duca: Por que você não ligou para ela?

Éder: Quando?

Duca: Quando atirou no cara, no marido dela. Por que você não ligou para ela?

Éder: Sei lá, cara. Não queria dar a notícia assim, por telefone.

CENA: QUARTO DE ISA, INTERIOR, NOITE

Isa abre a porta para Duca.

Duca: Não foi ele.

Isa: Como assim?

Duca entra na sala e vai em direção ao pote de balas. Isa sai em direção à cozinha.

Duca: Não foi o meu tio que matou o cara.

Isa: Quem foi?

Duca: Foi ela.

Isa: A Soraia?

Duca (*pegando uma bala*): É.

Isa fecha o pote de balas.

Isa: Ele te disse?

Duca: Não, ele disse que foi ele. (*Tira a bala da boca, larga no cinzeiro*) Bala ruim...

CENA: COZINHA DE ISA, INTERIOR, NOITE

Isa e Duca entram na cozinha.

Isa: E como você sabe que foi ela?

Duca: Saber eu não sei, mas tenho certeza que foi.

Isa vai para o fogão, está cozinhando.

Isa: Por quê?

Duca: Ah, ela devia tá lá quando o cara chegou, armado. Eles brigaram e ela pegou a arma e atirou no cara. Foi por isso que ele limpou a arma. E foi por isso que ele não ligou avisando que o cara tava morto.

Duca procura pratos e talheres nos armários por perto, arruma o balcão para eles comerem.

Isa: Ele vai para a cadeia por causa dela?

Duca: Ele acha que não vai para a cadeia, que foi um acidente, legítima defesa, sei lá.

Isa tira da panela a massa, que ficou toda grudada, num bloco. Vira-se para o balcão.

Isa: Ele deve ser louco por ela.

Isa leva a massa num prato em direção ao balcão.

Duca: Ele acha que ela é louca por ele.

Ela corta a massa em duas metades e serve.

Isa: E não é?

Duca: Não parece.

Isa: E aí?

Duca: E aí o quê?

Isa: O que você vai fazer?

Duca: Não sei.

Isa: Não tem como provar que foi ela?

Duca: Acho que não, ainda mais o meu tio dizendo que foi ele, só se ele contar.

Isa: Ele não vai contar.

Duca: Se ele soubesse que ela tem outro cara, talvez ele contasse.

Isa: E como é que ele vai saber? Você vai contar?

Duca: Não, ele não vai acreditar. Ele é um idiota.

Duca e Isa começam a comer.

Isa: O melhor é que ela mesma contasse pra ele. Ele ia acreditar e ficava mais honesto.

Duca: Você não conhece a namorada dele.

Isa: E aí?

CENA: QUARTO DE ISA, INTERIOR, NOITE

Duca e Isa estão na frente do computador. Duca digita "Detetive particular" no site de busca.

Duca: "Detetive Particular" tem 2.900 respostas.

Isa: Carácoles.

Duca: Vou botar aqui "infidelidade"... 243...

Isa: Mesmo assim...

Duca: Ai... Essa, ó! "Agência Saturno". O slogan é legal: "Para que ter dúvidas? Tenha certeza".

Isa: "Provas concretas sobre a infidelidade conjugal através de filmagens, fotos e gravações em gerais". Nossa, "gravações em gerais"!

Duca: O detetive não precisa ser nenhum gênio em português. (*Lê*) "Preço a combinar". E a primeira consulta é grátis.

Isa: Eu quero ir junto.

Duca: Não, de jeito nenhum, pode ser perigoso.

Isa: É, tem razão.

Duca (*em off*): Ela concordou mais rápido do que eu esperava...

CENA: GALERIA NO CENTRO DA CIDADE, INTERIOR, DIA

Duca lê um quadro ao lado do elevador e localiza o andar da agência.

Duca (*em off*): ...pode ser perigoso mesmo.

CENA: CORREDOR DO ESCRITÓRIO DO DETETIVE, INTERIOR, DIA

Duca caminha pelos corredores da galeria e encontra a porta da Agência Saturno. Fala em um porteiro eletrônico (equipado com câmera de vídeo).

Secretária (*em off*): Sim?

Duca: Eu vim fazer uma consulta.

Secretária (*em off*): Aqui é uma agência de investigações particulares.

Duca: Eu sei. Eu telefonei marcando, meu nome é Luís Eduardo.

Secretária: Só um momento.

Ruído eletrônico. Duca tenta abrir a porta, mas não consegue.

Duca: Não abre. Não tá abrindo.

Secretária: Só um momento.

A secretária abre a porta.

Secretária: O Cícero já vai te atender.

Duca: Obrigado.

CENA: ESCRITÓRIO DO DETETIVE, INTERIOR, DIA

Duca entra e senta. (Durante a cena a secretária quase não aparece, sempre escondida atrás do guichê. Duca também não a encara muito.) Fica folheando uma revista chamada "Picanha".

CÍCERO *abre a porta.*

Cícero: Luís Eduardo?

Duca: Eu.

Cícero (*esboçando um sorriso*): Pode entrar.

Duca levanta, caminha na direção da sala de Cícero. Antes de entrar, olha para a secretária, mas não consegue enxergá-la muito bem.

CENA: SALA DE CÍCERO, INTERIOR, DIA

Duca e Cícero, sentados, conversam.

Cícero: Foi ele que mandou você me procurar?

Duca: Não, ele nem sabe.

Cícero: Então por que você quer saber se a namorada dele tem outro namorado?

Duca: Por que eu acho que tem e o meu tio não sabe, acho que ele não fez nada.

Cícero: Então por que ele foi preso?

Duca: Ele diz que matou um cara, em legítima defesa.

Cícero: Ah, então quer dizer que você acha que foi ela, e que ele resolveu assumir a culpa.

Duca: Pode ser.

Cícero: E quem vai pagar o meu trabalho?

Cícero levanta e mexe em um arquivo de metal que está atrás dele, perto da janela.

Duca: Quanto custa?

Cícero: Isso depende.

Duca: Depende de quê?

Cícero: De quanto tempo leva. Quase sempre, quando a pessoa tem um amante, escolhe um dia da semana para o encontro. (*Cícero vira-se em direção a Duca*) Por isso eu preciso no mínimo de uma semana para resolver o caso.

Duca: E quanto custa uma semana?

Cícero (*fala sem olhar para Duca*): No mínimo quinhentos.

Duca: Não dá, obrigado.

Duca levanta. Cícero olha para Duca.

Cícero: Calma, rapaz. Calma, calma, calma. Senta aí.

Duca volta a sentar e Cícero também.

Cícero: Quanto você pode pagar?

Duca: No máximo duzentos.

Cícero fica sério.

Duca: Duzentos e cinqüenta, vai.

Cícero: Por esse preço dá pra começar uma investigação preliminar.

Duca olha para o que Cícero está fazendo.

Duca: O que é uma investigação preliminar?

Cícero: Uma investigação preliminar... (*toma um gole de água com um comprimido*) é uma investigação prévia.

Duca: Ahn.

Cícero: Cento e cinqüenta adiantado.

Duca: Tá bom.

Cícero: Por esse preço é sem recibo.

Duca: Ah, no seu site está escrito "fotos e gravações em gerais".

Cícero: Sim...

Duca: O certo é "fotos e gravações em geral".

Cícero (*sem graça*): Muito obrigado. É um sobrinho meu que faz o site, não me cobra nada. Eu vou mandar arrumar.

Duca levanta e pega a carteira.

Cícero: Qualquer novidade, eu ligo.

CENA: ESCRITÓRIO DO DETETIVE, INTERIOR, DIA

Duca entrega o dinheiro para a secretária. Ela conta e volta a trabalhar no computador. Ele fica esperando.

SECRETÁRIA: Esse preço é sem recibo.

DUCA: Ah... tá. Tchau.

CENA PARALELAS: QUARTO DE ISA E QUARTO DE DUCA. INTERIOR, NOITE

Isa fala ao telefone.

ISA: O que é uma investigação preliminar?

Duca, no computador, fala ao telefone.

DUCA: Ah, é uma investigação prévia.

ISA: Como era a sala dele?

DUCA: Normal. Um escritório.

CENA: ESCOLA, ESCADARIAS INTERNAS

Isa e Duca subindo as escadas.

ISA: E como é que ele estava vestido?

DUCA: Calça, camisa. Normal.

Isa: Normal como? Que cor?

Duca: Que cor?...

Isa: É, que cor?!

Duca: Ah, calça azul-marinho, camisa vermelha.

Isa: Azul-marinho com vermelho?

Duca: É, não sei...

CENA: ESCOLA, SALA DE AULA, INTERNA

Isa e Duca e outros alunos chegando, a professora também.

Isa: Tinha aquele vidro na porta?

Duca: Que vidro?

Isa: Aquele vidro que sempre tem em filmes de detetive, com o nome dele escrito?

Duca: Não, não. Acho que não.

CENA: ESCOLA, PÁTIO, EXTERIOR

Duca e Isa conversam, sentados num banco, um ao lado do outro.

Isa: E a secretária? Como era o nome dela?

Duca: Não perguntei.

Isa: E a roupa?

Duca: A roupa?

Duca vê uma Mãe de um aluno, esperando o filho, e passa a descrever o figurino, o cabelo e os adereços da mulher.

Duca: Um casaco meio de bolinha, meio xadrez...

Isa: Colar?

Duca: É... Um de bola preto, assim.

Isa: E o cabelo?

Duca: Cabelo? Arrumado, penteado.

Isa: Loira?

Duca: É, um pouco.

Isa: E o sapato?

Duca: De salto, vermelho.

Isa: Maquiada?

A mulher sai.

Duca: Hum, não reparei.

Isa: Que saco! A próxima vez eu vou junto.

Kid se aproxima.

Duca: Melhor mudar de assunto.

Kid chega e senta ao lado de Isa. Fica um silêncio.

Kid: O que foi, gente?

Duca e Isa: Nada.

Kid: Como assim, nada? Do que vocês estão falando?

Isa: Da prova de biologia.

Kid: Porra, Isa, você disse que não ia cair o que era antígeno aglutinogêneo e caiu. Acho que eu fui supermal.

Bate o sinal da escola para troca de período. Eles levantam e saem.

Isa: Só tinha uma pergunta disso, você foi mal porque não estudou nada.

CENA: LABORATÓRIO DE QUÍMICA, INTERIOR, DIA

Duca, Isa e Kid na bancada de um laboratório de química.

Duca: Quando a gente vai fazer o trabalho de química?

Isa: Pode ser sábado?

Kid: Não, sábado, não. Sexta tem a festa da 203. (*Olha para Isa*) Vocês não vão?

Duca: Acho que não.

Kid (*para Isa*): E você? Vai?

Isa: Isso é um convite?

Kid: A festa não é minha... Você vai se você quiser.

Isa: Eu vou pensar no seu caso...

Kid: Tá bom.

Kid se afasta.

Isa: O Kid tá um saco...

Pausa.

Duca: Vocês estão namorando?

Isa: Não. Por quê?

Duca: Nada.

Isa: Ele te falou alguma coisa?

Duca: Não. Falar o quê?

Isa: Sei lá. (*Pausa.*)

Duca e Isa estão tirando os jalecos do laboratório.

Isa: Por que você não vai na festa da 203?

Duca: Isso é um convite?

Isa (*imitando Kid*): A festa não é minha. Você vai se você quiser.

Duca: Vou pensar no seu caso.

Isa ri.

CENA: SALA DE AULA

Ouve-se a voz da professora ao fundo. Duca observa Kid e Isa.

Duca (*em off*): A Isa tá muito a fim do Kid. Se ela for na festa da 203, é certo que eles vão ficar. E eu não quero estar lá pra ver isso.

Duca observa Ana Paula, uma bonitinha, que está escrevendo no quadro negro, resolvendo um problema de matemática.

Duca (*em off*): A não ser... que ele fique com outra.

Ouve-se a campainha da escola. Ana Paula termina de escrever no quadro, vira-se e volta para a sua mesa para recolher seu material. Duca se aproxima.

Duca: Oi.

Ana Paula: Oi.

Duca: Você vai na festa da 203?

Ana Paula (*fala sem olhar para Duca*): Por quê?

Duca: Por nada.

Duca se vira e caminha em direção à porta. Ana Paula vira-se e vai atrás dele.

Ana Paula: Como assim?

Duca: Nada.

Ana Paula: Por que você quer saber?

DUCA (*pára de caminhar e vira-se para Ana Paula*): Não vai falar que eu te falei.

Ana Paula vira-se para Duca. Kid está ao fundo, encostado na porta, ele dá uma olhada para dentro da sala e sai.

Ana Paula: Ai, fala...

Duca: É que o Kid perguntou se você ia.

Ana Paula: O Kid?

Duca: É.

Ana Paula: Ah, eu não sei, mas eu acho que eu vou.

Duca: Então tá bom.

Duca sai em direção à porta.

CENA: ESCOLA, CORREDOR, INTERIOR, DIA

Duca sai da sala e encontra Kid no corredor. Eles caminham lado a lado. Ana Paula se afasta ao fundo.

Kid: Qual era o papo com a gostosa da Ana Paula?

Duca: Nada.

Kid: Como assim, nada? Eu vi ela me olhando e rindo.

Duca: Não, ela pediu pra não falar.

Kid: Não falar o quê?

Duca: Não vai dizer que eu te falei.

Kid: Fala logo.

Duca: Ela me perguntou se você ia na festa da 203.

Kid: Ela perguntou isso?

Duca e Kid olham para trás, vêem Ana Paula se afastando.

Duca: Perguntou. Cara, a Ana Paula tá muuuuito gostosa...

CENA: FESTA, INTERIOR, NOITE

Luzes piscando. Duca e Kid entram na festa, caminham entre as pessoas que dançam. Param quando vêem Ana Paula dançando. Kid se aproxima dela, começam a dançar. Duca observa um pouco e depois se afasta. Isa chega sozinha, sorrindo.

Pára de sorrir ao ver Kid dançando com Ana Paula. Então disfarça, finge que não viu.

CENA: FESTA, EXTERIOR, NOITE

Do lado de fora da festa, Isa conversa com uma amiga e olha para dentro da sala. Pelo reflexo do vidro, vemos Kid e Ana Paula dançando. Duca se aproxima de Isa e fica observando por um tempo. Depois põe a mão em seu braço e os dois saem andando pelo jardim.

Isa: Pensei que você não vinha.

Duca: Pois é. Eu vim.

Isa e Duca seguem caminhando enquanto conversam, a festa rolando ao fundo. Isa está triste, ela fala sem olhar para Duca.

Duca: O que foi?

Isa: Nada.

Duca: Como assim, nada? O que foi?

Isa: Sei lá...

Duca: Fala.

Os dois sentam num banco.

Isa: Não... nada. É que eu não estou muito pra festa hoje.

Duca: E por que você veio?

Isa: Não sei. Antes eu queria. Nunca sei direito o que eu quero.

Pausa.

Duca: Minha mãe me disse que quando a gente era criança, ela te perguntava "você quer uma coisa ou outra?" e você respondia "quero uma coisa e ou outra".

Isa olha para ele e sorriem.

Isa: Você me acha muito criança?

Duca: Você é que sempre me achou criança. Desde que a gente era criança.

Eles riem.

Isa: Não acho mais.

Duca: Que bom.

Isa: Você acha bom mesmo? (*Olha para Duca*) Às vezes é ruim não ser mais criança.

Duca fala sem olhar para ela.

Duca: É, às vezes é ruim.

Pausa.

Duca: Quer tomar alguma coisa?

Isa: Quero.

Duca: Eu pego.

Duca pega uma lata de refrigerante e observa Isa de longe. Ela olha para o salão de festas e vê Kid e Ana Paula dançando. Parece mesmo muito triste. Duca se aproxima de Isa.

Duca: Vamos dançar?

Isa sorri.

Isa: Vamos.

Isa e Duca entram no salão de festas, se aproximam de Kid e Ana Paula. Ficam dançando os quatro, numa rodinha. Isa sorri para Kid, ele retribui o sorriso. Duca fala alguma coisa no ouvido de Ana Paula. Ela faz uma cara de quem não entendeu o que ele disse. Ele faz sinal para que ela o acompanhe e sai. Ana Paula segue Duca, Kid e Isa estão dançando quando começa a tocar uma música lenta.

Duca e Ana Paula caminham em direção ao jardim.

Ana Paula: Preso? Foi ele mesmo que matou o cara?

Duca: É... Isso ele já tinha dito antes.

Ana Paula: E o que mais ele fez para ser preso?

Duca olha para o salão e vê Isa e Kid dançando, abraçados.

Duca: Mais nada. Ele matou o cara, só isso.

Ana Paula: Como é dentro do presídio?

Duca vê, no salão, Kid e Isa abraçados, rolando uns beijinhos.

Duca: É triste.

Ana Paula: Triste como?

Isa e Kid continuam se abraçando.

Duca: É triste. Muito triste. Eu já vou.

Duca sai.

CENA: QUARTO DE DUCA, INTERIOR, DIA

Duca está deitado, com os fones de ouvido, luz acesa. Cléia entra, senta na beirada da cama e tira os fones de Duca.

Cléia: Você está melhor?

Duca: Estou.

Cléia: Então você vai à escola, né?

Duca: Vou.

Cléia: Toma bastante água.

Duca: Tomo, sim.

Laerte surge na porta.

LAERTE: E aí?

DUCA: Estou melhor.

LAERTE: Você não vai à escola?

DUCA: Vou no segundo período. O primeiro é religião.

LAERTE: Ah, então tudo bem. Toma bastante água. (*Para Cléia*) Vamos!

Duca deita, põe os fones, fica alguns segundos ouvindo música. (A mesma música que Isa dançava com Kid na festa.) O telefone toca.

Duca tira o fone.

DUCA: Alô? (...) Sou eu. (...) Posso. Que horas? (...) O senhor descobriu alguma coisa?

CENA: ESCADA DA ESCOLA, INTERIOR, DIA

Duca, chegando na escola, encontra Isa. Vão andando e conversando.

DUCA: Oi.

ISA: Oi. O que foi?

DUCA: Não acordei.

ISA: Nem vi você ir embora da festa.

DUCA: Eu saí cedo. Você ficou até que horas?

Isa: Tipo umas quatro.

Pausa.

Isa: Eu vi você com a Ana Paula.

Duca: É?

Isa: Vocês ficaram?

Duca: Não. Foi só conversa. (*Pausa.*) E o Kid?

Isa: O que é que tem?

Duca: Vocês estão namorando?

Isa: Acho que sim.

Pausa.

Duca: O detetive me ligou.

Isa (*animada*): É? E aí? Ele falou se descobriu alguma coisa?

Duca: Fez umas fotos.

Isa: Dela?

Duca: Deve ser.

Isa: Com um cara?

Duca: Deve ser.

Isa: Catzo! Quando é que você vai lá?

Duca: Amanhã, às seis.

Isa: Que saco, tenho dentista às cinco! Tudo bem, eu saio do dentista e pego um táxi para lá.

Entram no auditório da escola e sentam. Apagam-se as luzes.

CENA: ESCRITÓRIO DO DETETIVE, INTERIOR, DIA

Duca está de pé em frente ao guichê da secretária (que desta vez aparece muito bem). Duca a examina. Ela está sentada na sua cadeira e, sem levantar, desloca-se até o computador e volta.

Duca (*em off*): Maquiada. Sem colar. Sapato... o sapato era vermelho mesmo. Bonita... Lendo... não deu pra ver o título.

Duca: Você gosta de livros policiais?

Secretária: Não muito. Já li Agatha Christie.

Duca: Ah...

Cícero abre a porta, um HOMEM sai do escritório com uma cara de quem não dorme há bastante tempo. Cícero abraça o Homem.

Cícero: Isso não é vergonha para ninguém não, viu?

O Homem sai.

Cícero (*para Duca*): Pode entrar.

Duca: Eu... estou esperando uma pessoa...

Secretária (*levanta-se e arruma a bolsa para sair*): São seis e quinze.

Cícero: São seis e quinze...

Duca: Tudo bem...

Duca entra na sala de Cícero.

CENA: ESCRITÓRIO DO DETETIVE, INTERIOR, DIA

Duca abre o álbum e vê a série de fotos. É o terraço de uma cobertura, com piscina. Uma parte do terraço é encoberta por outro prédio, em primeiro plano. Vê-se parte da piscina e a porta que dá para o interior da sala. Não se vê nada lá dentro. Deitada no deck, de biquíni, Soraia.

As fotos:

1. Soraia, deitada de costas, tomando banho de sol, de biquíni.

2. Soraia sentada, de biquíni.

3. Soraia de pé, de biquíni, olha para a porta.

4. Soraia entrando no apartamento.

Duca olha para Cícero com uma cara de quem não está entendendo muito bem. Cícero entrega um recibo a Duca e se levanta.

Cícero: Tem o recibo da revelação, paga pra secretária. (*em off*): Sua tia com o garoto que limpa a piscina. Ela deu mole, tirou o biquíni, ele foi atrás. Certo ele. Tua tia é um foguete. Coisa de primeiro mundo.

Duca continua a ver as fotos. O rapaz com Soraia na piscina é Kid.

5. Soraia saindo do apartamento, de biquíni.

6. Soraia, de biquíni, conversa com um cara. Ela está no sol, ele na sombra do toldo sobre a porta, não se vê seu rosto.

7. O cara (*de costas*) limpando a piscina, Soraia ao fundo, deitada de costas, tomando sol, de biquíni.

8. Soraia, de bruços, solta a parte de cima do biquíni.

9. Soraia, de bruços, toma sol sem a parte de cima do biquíni.

10. O cara, ainda de costas, surge ao fundo, limpando a piscina com uma peneira. Soraia continua de bruços, sem a parte de cima do biquíni.

11. O cara olha para Soraia: é Kid.

12. Kid de costas, Soraia deitada de bruços, sem a parte de cima do biquíni.

13. Soraia, deitada de bruços, olha para a piscina. (*Kid não aparece.*)

14. Soraia, de costas, se ergue, sem a parte de cima do biquíni. (*Kid não aparece.*)

15. Soraia de pé, olha para a piscina. (*Kid não aparece.*)

16. Soraia entrando no apartamento. (*Kid não aparece.*)

17. Kid olhando para a porta.

18. Kid olhando na direção da câmera.

19. Kid olhando para a porta.

20. Kid largando a peneira.

21. Kid entrando no apartamento.

22. Soraia saindo do apartamento, de roupão.

Cícero senta ao lado de Duca, vê as fotos com ele.

CÍCERO: Olha que maravilha...

Fotos:

23. Soraia, com o roupão entreaberto, tomando sol.

24. Soraia, com o roupão, entrando no apartamento.

CENA: ELEVADOR DA GALERIA, INTERIOR, DIA

Duca no elevador, olhando as fotos. O elevador pára e uma SENHORA entra. Duca fecha o álbum de fotos.

CENA: GALERIA, EXTERIOR, DIA

Duca sai do elevador. Isa se aproxima, correndo, animada, guardando a carteira na bolsa. Encontram-se no meio da galeria.

ISA: E aí? Já foi?

DUCA: Já. São seis e meia.

ISA: Que saco, paguei nove reais pelo táxi! Que merda! E aí, como foi?

Isa vê o álbum de fotos na mão de Duca.

ISA: São as fotos?

DUCA: São.

ISA: Dela?

Duca faz que sim.

ISA: Com um cara?

Duca faz que sim.

ISA: Catzo! Deixa eu ver!

Pausa. Duca vacila, recolhe a mão e guarda as fotos no bolso.

Duca: Não.

Isa: Como assim?

Duca: É melhor você não ver as fotos.

Isa: Por que não?

Duca: Eu vou levar pro meu tio na prisão.

Isa: Como assim, Duca? Não enche, dá essas fotos.

Duca: Não.

Isa tenta pegar as fotos da mão de Duca.

Isa: Como assim, Duca? Deixa eu ver essas fotos, dá aqui!

Duca: Não!

Isa: Por que não?

Duca: Ahn... Porque ela tá nua.

Isa: Quê? Deixa eu ver essas fotos, Duca!

Isa, com mais determinação, tenta pegar as fotos. Duca as esconde.

Duca: Não.

Isa: Dá aqui!!

Duca: Não!

Isa: Por que não? Eu paguei por essas fotos, te emprestei o dinheiro.

Duca: Eu te devolvo.

Isa: Não quero, quero ver as fotos. Dá isso aqui, Duca.

Duca: Não, isso aqui é assunto do meu tio, não é fofoca de revista, não.

Isa: Você não vai mesmo me mostrar as fotos?

Duca: Não. Não vou.

Isa: Tá falando sério?

Duca: Tô.

Isa: Duca, você é um babaca mesmo.

Duca: Eu não quero te mostrar as fotos e pronto.

Isa: Ai, Duca, como você é criança...

Isa se afasta, Duca fica sozinho, se vira e sai andando de cabeça baixa, em outra direção.

CENA: QUARTO DE DUCA, INTERIOR, NOITE

Duca na frente do computador olhando as fotos na tela. Depois senta na cama, coloca as fotos em um envelope de correio.

CENA: AGÊNCIA DE CORREIO, INTERIOR, DIA

Duca entrega o envelope para a moça do Correio.

CENA: PÁTIO DA ESCOLA, EXTERIOR, DIA

Duca desce as escadas para o pátio, Isa e Kid estão sentados em um banco, se beijando. Duca olha para o outro lado e vê o carro da mãe parado em fila dupla, com o pisca alerta ligado. Ela abana e grita.

Cléia: Duca! Vamos, Duca, vamos...

Duca: Já vou!

Isa e o Kid param de se beijar e olham para Duca. Kid abana, Duca segue caminhando, sério.

CENA: QUARTO DE DUCA, INTERIOR, NOITE

Duca está sentado na cama, com os fones de ouvido.

CENA

Vários momentos de Isa: na escola, namorando com Kid. Não são lembranças, são cenas futuras, uma passagem de tempo. Duca observando. Vários momentos dele também: na escola, no computador, no pátio, sempre triste e pensativo. Ele chora.

CENA: QUARTO DE DUCA, INTERIOR, DIA

Duca deitado na cama com os fones de ouvido. Cléia surge na porta, tem um dvd na mão, fala. Duca não escuta. Ela grita. Ele escuta, tira o fone.

Duca: Que foi?

Cléia (*mostra o dvd*): Você não entregou o filme para a Dulce!

Duca: Eu não fui mais na Isa.

Ele vai colocar o fone, ela fala alto.

Cléia: Luís Eduardo!

Duca: Que foi?

Cléia: A Dulce me emprestou este filme na terça-feira. Eu te entreguei na quarta, hoje é domingo! Eu vou ter que pagar cinco diárias!

Duca: Seis, se contar hoje.

Cléia: Seis diárias!

Duca: Eu não fui mais na casa da Isa.

Cléia: Você podia ter me avisado! Ou ter entregue para a Isa na escola.

Duca: Tem razão. Desculpe.

Pausa.

Cléia: Hoje você vai lá?

Duca: Não.

Duca põe os fones e vira-se de costas para ela. Cléia fica um segundo olhando, suspira e sai.

CENA: SALA APARTAMENTO DE DUCA, INTERIOR, DIA

Cléia chega com o dvd, Laerte está vendo televisão. Ela senta ao seu lado.

Laerte: Que foi?

Cléia: O Duca esqueceu de entregar o filme que a Dulce me emprestou e eu vou ter que pagar seis diárias.

Laerte vê a fita.

Laerte: Hummm... Não devolve, não. Eu dormi, não vi o fim.

Cléia: Você vai dormir de novo e eu vou pagar mais uma diária. (*Pausa.*) Acho que eles brigaram.

Laerte: Quem?

Cléia: O Duca e a Isa.

Laerte: E aí? Eles brigam quase todos os dias há 15 anos.

Cléia: Pois é. Mas já faz uma semana que eles não brigam. Estranho isso...

Laerte: É... (*Pausa*) Será que eles brigaram?

CENAS PARALELAS: QUARTO DE DUCA e QUARTO DE ISA, INTERIOR, DIA

Duca tira os fones (ele continua ouvindo a mesma música triste) e o telefone está tocando.

Duca: Alô?

Isa está deitada na cama.

Isa: Oi. O que você está fazendo?

Duca: Estou ouvindo música.

Isa: Que música?

Duca: Um disco de rap.

Isa: Posso ir aí?

Duca: Agora?

Isa: É.

Duca: Tá bom.

Duca desliga o telefone.

CENA: QUARTO DE DUCA, INTERIOR, DIA

Duca está no computador, de fones, vendo as fotos de Kid com Soraia. Ao fundo, Isa entra no quarto (derrubando o chaveiro) e se aproxima de Duca. Ele parece ter ouvido alguma coisa, tira os fones. Ele rapidamente minimiza o arquivo "fotos Soraia", vira-se para ela. Isa senta na cama.

Duca: Oi.

Isa: Oi.

Pausa.

Isa: Desculpe ter te chamado de criança naquele dia.

Duca: Tudo bem.

Pausa.

Isa: A gente vai para a praia, sábado.

Duca: A gente quem?

Isa: Eu, o Kid, a Ana Paula, a Francis. A gente vai para a casa da Francis. Quer ir?

Pausa. Duca leva o cursor até o arquivo "fotos Soraia". Põe o cursor sobre o ícone "maximizar".

Duca: Não, acho que não.

Isa: A Ana Paula perguntou se você ia.

Põe o cursor sobre o item "fechar" e clica, fechando o arquivo.

Duca: É? Então diz pra ela que eu não vou.

Isa: Por que não?

Duca: Não tô a fim.

Isa: Tá bom.

Silêncio.

Batem na porta.

DUCA: Entra.

Cléia abre a porta.

CLÉIA (*olha para Duca e Isa*): Vamos almoçar?

Isa vira-se para Duca, que não se vira.

ISA: Eu já vou indo.

CLÉIA: Almoça conosco, Isa.

DUCA (*sem tirar os olhos do computador*): Ela tá indo.

CLÉIA: Eu fiz aquela pizza de sardinha que você adora.

ISA: Hummm...

Cléia começa a sair em direção à sala.

CLÉIA: Vamos. Vai esfriar, filho, vem.

CENA: CASA DE DUCA, INTERIOR, DIA

Laerte, Cléia, Isa e Duca comem. Duca tem o olhar fixo na televisão, ligada mas sem som.

LAERTE: Tinha umas escadas, um labirinto assim, né, Duca? Era um mosteiro enorme, sabe, muito antigo por sinal. Vários monges. E tinha umas escadas, assim, umas passagens secretas, e o monge principal era o 007.

Isa: Ah, o... o antigo?

Laerte: É, o antigo, aquele velho, né? Ah, e tinha uma cena incrível também, sabe? Era o monge engolindo o livro e a biblioteca pegando fogo.

Cléia tira a mesa.

Cléia: Contou o final do filme.

Isa: Não tem importância, eu esqueço.

Toca o interfone, Cléia vai atender.

Laerte: Cada dia morre um monge. Umas mortes incríveis: um no fogo, um na água, um no gelo. (*Em background*) Ninguém sabia como ocorriam. Acontece que todos liam os livros, e o 007 descobre que tinha veneno na ponta deles.

Cléia (*ao interfone*): Alô. (...) Pode subir. (*Desliga, fala para Laerte*) É o Éder.

Laerte: O Éder?

Cléia: Está subindo.

Éder entra, sorrindo, carregando uma sacola de viagem. Cléia o abraça. Éder vai até a porta e o cumprimenta. Se abraçam.

Cléia: Oooi...

Éder: Oi.

Cléia: Que bom...

Éder: Duca...

Laerte: O que aconteceu?

Éder: Saí. Vou aguardar o julgamento em liberdade.

Cléia: Que coisa ótima!

Laerte senta na poltrona, Cléia e Duca nos dois lados, em pé.

Laerte: Tem que pagar o Rogério.

Cléia: Rogério é amigo.

Laerte: Por isso mesmo.

Éder aproxima-se do sofá, olha para Isa, ao fundo, tirando a mesa, e sorri.

Éder: Tudo bem Ciça?

Isa: Oi, Éder, tudo bom?

Éder senta-se no sofá.

Éder: Aaaah... que maravilha...

Cléia (*rindo*): O quê?

Éder: Um sofá... Nunca tinha reparado... Um mês sem sentar num sofá muda a vida da gente. Olha só: guardanapos, copos de vidro, livros!... Controle remoto!... Tudo para mim agora tem outro gosto, outro sabor... O que tem para almoçar?

Cléia: Eu fiz pizza de sardinha. Tem um pouco daquele feijão que você adora. Quer que eu esquente?

Éder: Quero, se não for dar trabalho.

Cléia: Éder!

Cléia sai para a cozinha.

Éder: Eu acho que este mês mudou a minha vida... Eu sou outra pessoa.

Laerte: Que bom, né?

Éder: Eu vou começar a minha vida outra vez, do zero...

Éder abre a bolsa, tira de dentro um saco plástico, grampeado com um papel cheio de carimbos. Abre o saco. Enquanto fala, vai tirando objetos de dentro.

Éder: Olha, as coisas que eu tinha quando entrei na prisão: uma chave, documentos, um isqueiro... Sabia que eu parei de fumar na prisão?

Laerte: Que ótimo.

Éder: Cara, eu quero voltar a estudar. Casar, ter filhos.

Laerte: Vai com calma, né?

Éder: É sério. Eu sou um tipo de cara que, de certa forma, eu quero ter filhos. Eu tô com quase trinta anos.

Laerte: Trinta e um, não é, Duca?.

Éder: Pois então? Trinta e um é quase trinta.

Isa: Trinta e um é moço. O Rodrigo Santoro tem trinta.

Éder: Pois então? (*Para Isa e Duca*) Mas eu vou contar um segredo para vocês: sabe o que realmente muda a vida de um homem? Uma grande paixão. Uma grande mulher. Isso é que muda de verdade a vida de um homem.

Duca: Você vai encontrar, tio.

Éder: Como assim, vou encontrar? Eu já encontrei. A Soraia é a mulher da minha vida.

Isa e Duca estranham.

Duca: Como é que você foi solto?

Éder (*tirando do saco plástico o envelope, fechado, do correio*): O advogado conseguiu um habeas corpus.

Isa e Duca ficam congelados. Éder examina o envelope, abre, pega o álbum de fotos. Cléia vem da cozinha.

Cléia: Arroz, feijão e um peito de frango. Pronto, quentinho.

Éder abre o álbum e começa a ver as fotos. Fica mudo.

Laerte: Que fotos são essas, Éder?

Éder se levanta, lentamente.

Éder: Puta que me pariu!

Cléia: Que é isso, Éder?

Éder sai andando pela sala, nervoso.

Éder: Essa vagabunda, miserável!

Cléia: Calma, Éder.

Éder joga as fotos sobre a mesa e caminha pela sala, nervoso. Isa e Duca ficam olhando para o álbum.

Éder: Desgraçada... Essa vagabunda já tem outro cara! E eu preso por causa dela!

Laerte: Como assim?

Éder: Não fui eu quem matou o cara! Foi ela!

Laerte: Ela quem?

Laerte dá uma olhada na foto, Isa tenta dar uma espiada, mas não consegue.

Éder: A Soraia. Ela estava lá quando o cara chegou. A gente brigou, eu tirei a arma dele, dei para ela, ela atirou e matou o cara.

Laerte (*olhando as fotos*): Puta que o pariu.

Cléia se aproxima de Éder, pega o álbum, olha uma foto e deixa sobre a mesa.

Cléia: Ai Laerte! (*E para Éder*) Você tem que contar isso para a polícia!

Isa, discretamente, puxa o álbum sobre a mesa, abre e começa a ver a série de fotos. Duca está atrás dela, observando. Ouve-se ao fundo as vozes dos três discutindo, enquanto Isa vai olhando as fotos.

Éder: Eu vou matar ela. Ela e o namorado.

Laerte: Calma.

Cléia: Calma, Éder!

Éder: Calma um cacete! Eu vou matar essa mulher. Ela e esse branquelo desgraçado!

Éder pega as fotos, abre a porta e sai, Laerte sai atrás.

Laerte: Tá louco, fica quieto, calma.

Isa (*para Duca*): Eu já vou.

Éder chama o elevador, Laerte fala da porta. Ouve-se por um tempo a discussão deles ao fundo. Isa e Duca ficam sozinhos na sala.

Isa: Tenho que ir.

Duca: Calma.

Isa: Eu tenho que ir.

Duca: Calma! Vamos telefonar para o Kid.

Isa: É mesmo. É melhor.

CENA: QUARTO DE DUCA, INTERIOR, DIA

Enquanto Duca fala ao telefone, Isa tecla freneticamente no computador. Ela tecla no icq e manda uma mensagem para todo mundo.

Mensagem de Isa: kd o kid? v6 viram ele hj?

Duca: Tia Ju? É o Duca. (...) É... (...) Obrigado, eu vou sim... (...) O Kid tá aí? (...) Saiu? E a senhora não sabe onde ele foi? (...) Tá bom. (...) Tá bom. (...) Eu digo. (...) Obrigado.

Durante a conversa de Duca, Isa recebe uma mensagem em icequês:

Mensagem: Oiieee. vi o kid ele falo q ia limpar uma piscina hj

Duca desliga, fica olhando para a mensagem na tela do computador.

Duca: A gente tem que ir lá.

Isa: Lá onde?

Duca: Na casa da mulher, para avisar o Kid, se ele estiver lá.

Isa: Azar o dele.

Duca: Não, a gente tem que ir lá, eu vou. Já imaginou se o tio Éder encontra os dois juntos?

Isa: Tô imaginando.

CENA: APARTAMENTO DE SORAIA

Éder abre a porta da entrada, guarda a chave. A sala está vazia. Ele caminha pela sala. Uma música vem da piscina. Éder caminha até lá.

CENA: PISCINA, EXTERIOR

Éder se aproxima da piscina. Soraia, de biquíni, está passando bronzeador nas costas de um cara. Éder fica parado, olhando a cena. Soraia olha para ele.

Soraia (*surpresa*): Éder?

CENA: FRENTE DO PRÉDIO DE SORAIA, EXTERIOR, DIA

Duca e Isa descem do ônibus e se aproximam do prédio. Duca toca o porteiro eletrônico. O porteiro está arrumando o jardim e se aproxima deles.

Porteiro: O que vocês querem?

Duca: Eu queria falar com a dona Soraia.

Porteiro: Você é parente dela?

Isa: Sim, ele é sobrinho.

Porteiro: Sobrinho?

Duca: É, o meu tio é o namorado dela.

Porteiro: Ah... Tudo bem, pode subir. Ele já está aí, foi direto para a cobertura. Deve estar na piscina.

CENA: PISCINA, EXTERIOR, DIA

Câmera submarina. O rosto de Éder, apavorado, afunda na água, duas mãos seguram seu pescoço. Lá fora, Soraia grita. (Não se vê o rosto do homem que segura Éder.)

Soraia (*gritando*): Pára! Pelo amor de Deus! Parem com isso!

O homem solta Éder, e Soraia, sentada no deck, o puxa para si, ofegante.

Éder (*olhando para o homem*): Quem é esse cara?

O rosto de DÉCIO, jovem, musculoso, finalmente aparece.

Soraia: É o meu irmão!

Décio leva a mão ao rosto, dolorido.

Éder (*ofegante*): Seu irmão?

Soraia: É...

Éder se levanta de repente, furioso, alcança o álbum que está no chão e joga em Soraia.

Éder: E esse aqui? Quem é?

As fotos se espalham. Décio parte para cima de Éder, Soraia o detém, gritos.

Décio: Você tá ficando louco?

Soraia: Pára!

Décio: Desgraçado!

Éder: Ordinária!

Soraia: Calma!

Soraia examina as fotos.

Soraia: Que que é isso, Éder, você mandou me espionar?

Éder: Mandei sim! E daí? Você não me engana. E esse aí quem é? É seu irmão, também? Quantos irmãos você tem?

Toca a campainha.

Décio: A campainha.

Soraia: Atende pra mim?

Décio: Tem certeza?

Soraia: Tenho, tá tudo bem..

Décio sai, olhando para Éder.

Soraia: Éder, você é um idiota, hein? Porque essas fotos não mostram nada! Elas não mostram absolutamente nada!

Soraia pega as fotos, vai largando, uma a uma, sobre o deck da piscina.

SORAIA: Eu saí para tomar sol, como eu sempre faço...

22. Soraia saindo do apartamento, de roupão.

23. Soraia, com o roupão entreaberto, tomando sol.

SORAIA: Aí o garoto que limpa a piscina chegou...

24. Soraia, com o roupão, entrando no apartamento.

SORAIA: Eu falei com ele e fui tomar sol...

6. Soraia, de biquíni, conversa com um cara. Ela está no sol, ele na sombra do toldo sobre a porta, não se vê seu rosto.

1. Soraia, deitada de costas, tomando banho de sol, de biquíni.

SORAIA: Soltei a parte de cima, como eu sempre faço, para o biquíni não deixar marca...

8. Soraia, de bruços, solta a parte de cima do biquíni.

9. Soraia, de bruços, toma sol sem a parte de cima do biquíni.

10. O cara, ainda de costas, surge ao fundo, limpando a piscina com uma peneira. Soraia con-

tinua de bruços, sem a parte de cima do biquíni.

11. O cara olha para Soraia: é Kid.

12. Kid de costas, Soraia deitada de bruços, sem a parte de cima do biquíni.

7. O cara (de costas) limpando a piscina, Soraia ao fundo, tomando sol, deitada de costas, de biquíni.

SORAIA: Ele me disse que tinha terminado e eu entrei para buscar dinheiro...

2. Soraia sentada, de biquíni.

3. Soraia de pé, de biquíni, olha para a porta.

4. Soraia entrando no apartamento.

SORAIA: Ele entrou, eu paguei, ele foi embora...

17. Kid olhando para a porta.

18. Kid olhando na direção da câmera.

19. Kid olhando para a porta.

20. Kid largando a peneira.

21. Kid entrando no apartamento.

SORAIA: Eu voltei para a piscina para aproveitar o sol...

5. Soraia saindo do apartamento, de biquíni.

13. Soraia, deitada de bruços, olha para a piscina. (*Kid não aparece.*)

Soraia: Depois eu cansei de tomar sol e entrei... Não tô entendendo qual é o problema!

14. Soraia, de costas, se ergue, sem a parte de cima do biquíni. (*Kid não aparece.*)

15. Soraia de pé, olha para a piscina. (*Kid não aparece.*)

16. Soraia entrando no apartamento. (*Kid não aparece.*)

Soraia: Você não me ama mais? Você está duvidando de mim? É isso?

Éder fica olhando para Soraia, como se pedisse perdão.

CENA: HALL DO APARTAMENTO DE SORAIA, INTERIOR, DIA

Décio na porta com Duca e Isa. Duca vê a tatuagem no braço de Décio.

Duca: Irmão?

Décio: E vocês, quem são?

Isa: Ele é sobrinho... da Soraia. Do namorado dela...

Duca: É, meu tio tá aí?

Décio (*aponta*): Esse idiota aqui é seu tio?

Duca: É. Posso entrar?

Duca e Isa entram no apartamento.

CENA: PISCINA, EXTERIOR, DIA

Éder e Soraia estão de mãos dadas, ele está ajoelhado aos pés dela.

Éder: Me desculpe, Soinha...

Soraia: Você duvidou de mim... Não desculpo, Éder...

Éder: Eu... Eu não sei o que deu em mim... Estas fotos estavam fora de ordem... Desculpe, amor...

Soraia: Se você me amasse de verdade, não tinha duvidado...

Éder: Não pense isso. Eu te amo tanto...

Soraia: Eu também te amo...

Beijam-se, emocionados. Duca e Isa chegam, seguidos de Décio. Isa os vê.

Isa: Oi, meninos.

Éder: O que vocês estão fazendo aqui?

Duca: Nada, só viemos ver se você precisava de alguma coisa.

Éder: Esse é o Duca, meu sobrinho.

Soraia: Eu conheci ele.

CENA: FRENTE DO PRÉDIO DE SORAIA, EXTERIOR, DIA

Duca e Isa saem do prédio.

Isa: Seu pai tem razão. Seu tio é um idiota.

Duca: Eu sei.

CENA: QUARTO DE DUCA

Duca está no seu computador.

Duca (*em off*): Só um idiota acreditaria na história da Soraia.

No computador, uma animação das fotos, na ordem proposta por Soraia.

Duca (*em off*): Se as coisas tivessem acontecido como ela disse...

As sombras no pátio se movimentam de forma estranha.

Duca (*em off*): ...naquele dia o sol andou pra frente, pra trás...

Detalhe de um gato andando no muro, de ré.

Duca (*em off*): ... e aquele gato aprendeu a andar de ré.

Outra animação, agora na ordem certa.

Duca (*em off*): Eu pensei em contar tudo para o tio Éder, mas ele tava tão feliz... Melhor deixar assim.

CENA: SALA DE DUCA, INTERIOR, DIA

Soraia, Éder e Cléia sentados no sofá. Éder e Soraia parecem apaixonados. Laerte, todo sorridente, oferece uns amendoins para Soraia e aproveita para dar uma discreta olhada no decote dela. Cléia flagra, ele disfarça.

Duca (*em off*): O tio Éder não disse para a polícia que foi ela que atirou. Pode ter sido legítima defesa, não sei. Ele diz que vai dar tudo certo.

CENA: QUARTO DE LAERTE E CLÉIA, INTERIOR, NOITE

Laerte está deitado. Cléia senta na cama, de camisola, tira os brincos.

Laerte: Até que ela é simpática, não é?

Cléia: Aquilo pra mim é silicone.

Laerte: É? Não reparei...

CLÉIA: Você acredita que ela me disse que quer ter um filho?

LAERTE: O Éder é uma besta quadrada.

Laerte olha para Cléia, que está muito bonita.

LAERTE: Até que a idéia é boa...

Laerte agarra Cléia, rolam na cama.

Insert da cena de Duca e Kid no apartamento de Soraia. Ela pedindo para ele consertar o robotclear.

DUCA (*em off*): A Isa nunca ficou sabendo como o Kid foi parar na casa da Soraia.

Soraia se aproxima de Kid, sedutora.

SORAIA: E você?

DUCA (*em off*): Eu que não contei.

KID: Eu me chamo Leonardo.

CENA: PÁTIO DA ESCOLA, EXTERIOR, DIA

Kid contando uma história para Duca, gesticulando muito.

DUCA (*em off*): O Kid falou que a mulher deu a maior mole para ele e ainda disse que pagava cem reais para ele voltar outro dia...

CENA: PISCINA

Kid limpa a piscina de Soraia, ela toma banho de sol. Tira a parte de cima do biquíni, olha para Kid. Kid disfarça, dá uma olhadinhas.

Duca (*em off*): ... para limpar a piscina. Ele voltou, claro. A mulher deu mais mole ainda...

Soraia, sem a parte de cima do biquíni, levanta, olha para Kid, sorri e entra na casa.

Kid larga a peneira da piscina, olha para os lados, entra atrás dela.

CENA: QUARTO DE SORAIA

Duca (*em off*): ... ele tinha certeza que ela estava a fim. Parece que ele se enganou.

Kid abre a porta do quarto, entra tirando a camisa. Soraia sai do banheiro, enquanto se enrola numa toalha. Ela vê Kid.

Soraia: O que você está fazendo no meu quarto? Sai do meu quarto, por favor!

Duca (*em off*): Ele trabalhou a tarde inteira na piscina. Não ganhou um centavo. Bom, pelo menos foi essa a história que ele contou.

Kid se assusta. Soraia grita mais, pega alguma coisa como uma sombrinha e parte para cima de Kid, batendo. Kid se protege e foge.

CENA: HALL DO APARTAMENTO DE SORAIA

Soraia expulsa Kid de casa, joga a camisa nele.

SORAIA: Eu devia chamar a polícia!

Ela bate a porta.

KID: Mulher louca!

A luz do hall se apaga. Breu total, barulho de mesa caindo e vaso quebrando.

CENA: QUARTO DE DUCA, INTERIOR

Duca e Isa sentados na cama. Isa olhando as fotos.

DUCA (*em off*): A Isa veio estudar matemática, mas a gente não estudou quase nada.

ISA: Por que você não me mostrou as fotos naquele dia?

DUCA: Eu não ia te mostrar as fotos do Kid com outra mulher. Ia ser... humilhante.

ISA: Sei.

DUCA: Kid é meu amigo, ia ser sacanagem com ele também.

ISA: O seu amigo é um idiota. A gente não está mais namorando.

Duca: Que pena.

Pausa. Isa olha para Duca e sorri.

Isa: Você acha mesmo que é uma pena?

Duca olha para ela, sorri.

Duca (*em off*): Ela me olhou e riu. Eu ri também.

Duca: Não, eu acho ótimo.

Eles se beijam.

Duca (*em off*): A gente se beijou. E pronto.

FIM

MEU TIO MATOU UM CARA
(CRÉDITOS PRINCIPAIS)

Elenco
Darlan Cunha	Duca
Sophia Reis	Isa
Lázaro Ramos	Éder
Deborah Secco	Soraia
Dira Paes	Cléia
Aílton Graça	Laerte
Renan Gioelli	Kid
Júlio Andrade	Detetive
Sérgio Lulkin	Rogério
Suellen Sá	Ana Paula
Janaína Kramer	Secretária do detetive
Álvaro Rosa Costa	Porteiro
Arthur Pinto	Guarda
Roberto Sá	Fábio

Direção: Jorge Furtado

Diretora Assistente: Ana Luiza Azevedo

Roteiro: Jorge Furtado e Guel Arraes

Baseado no conto "Meu tio matou um cara", de Jorge Furtado

Produzido por Paula Lavigne e Guel Arraes

Produção Executiva: Nora Goulart e Luciana Tomasi

Direção Musical: Caetano Veloso e André Moraes

Direção de Produção: Marco Baioto

Produção de Elenco: Cynthia Caprara

Diretor de Fotografia: Alex Sernambi

Montagem: Giba Assis Brasil

Som Direto: Zezé D'Alice

Diretor de Arte: Fiapo Barth

Figurinos: Rosângela Cortinhas

Produção de Arte: Pierre Olivè

Cabelos e Maquilagem: Aline Matias

Coordenação de Finalizaçao, SP: Eliane Ferreira

Coordenação de Finalização, POA: Bel Merel

Mixagem: José Luis Sasso

Supervisão de Som: Luiz Adelmo

Edição de Diálogos: Nathalia Safranov Rabczuk

Supervisor de Pós-Produção/Efeitos: Marcelo Siqueira, ABC

Agradecimento especial a Regina Casé

TRILHA MUSICAL

Direção de Produção Executiva: Conceição Lopes

MÚSICAS

"Meu tio matou um cara – Sangue Moloko"
autores: André Moraes e Igor Cavalera
intérpretes: André Moraes, Igor Cavalera e Roberto Schilling
editora: Natasha Edições

"Se essa rua"
autor: Caetano Veloso
intérpretes: Rappin' Hood e Luciana Mello
editora: Natasha Edições

"Habla de mi"
autor: Caetano Veloso
intérpretes: Orquestra Imperial e Moreno Veloso
editora: Natasha Edições

"Suas armas"
autores: Peu Sousa e Pitty
intérprete: Pitty
editora: Deck

"Por onde andei"
autor: Nando Reis
intérprete: Nando Reis & os Infernais
editora: Warner/Chapell
Fonograma gentilmente cedido por UNIVERSAL MUSIC LTDA

"(Nothing But) Flowers"
autores: David Byrne, Jerry Harrison, Chris Frantz, Tin

Weymouth, Yues N' Jock
intérprete: Caetano Veloso
editora: Index Music / Warner Chappell
Fonograma gentilmente cedido por UNIVERSAL MUSIC LTDA.

"Pra te lembrar"
autor: Nei Lisboa
intérprete: Caetano Veloso
editora: Natasha Edições

"É tudo no meu nome"
autor: Rappin' Hood
intérprete: Rappin' Hood
editora: Copa Música Edições Musicais
Fonograma gentilmente cedido por TRAMA PROMOÇÕES ARTÍSTICAS LTDA.

"Soraya queimada"
autor: Zéu Britto
intérprete: Zéu Britto
editora: Natasha Edições

"Barato Total"
autor: Gilberto Gil
intérpretes: Gal Costa e Nação Zumbi
editora: Gege / Preta Music
Voz de Gal Costa da gravação original de 1974
gentilmente cedida por UNIVERSAL MUSIC LTDA

Coleção L&PM POCKET

- Assassino metido a esperto – R. Chandler
- Confissões de um comedor de ópio – Thomas De Quincey
- Os sofrimentos do jovem Werther – J. Wolfgang Goethe
- Fedra – Racine – Trad. Millôr Fernandes
- O vampiro de Sussex – Conan Doyle
- Sonho de uma noite de verão – Shakespeare
- Dias e noites de amor e de guerra – Eduardo Galeano
- O Profeta – Khalil Gibran
- Flávia, cabeça, tronco e membros – Millôr Fernandes
- Guia da ópera – Jeanne Suhamy
- Macário – Álvares de Azevedo
- Etiqueta na Prática – Celia Ribeiro
- Manifesto do partido comunista – Marx & Engels
- Poemas – Millôr Fernandes
- Um inimigo do povo – Henrik Ibsen
- O paraíso destruído – Frei B. de las Casas
- O gato no escuro – Josué Guimarães
- O mágico de Oz – L. Frank Baum
- Armas no Cyrano's – Raymond Chandler
- Max e os felinos – Moacyr Scliar
- Nos céus de Paris – Alcy Cheuiche
- Os bandoleiros – Schiller
- A primeira coisa que eu botei na boca – Deonísio da Silva
- As aventuras de Simbad, o marujo
- O retrato de Dorian Gray – Oscar Wilde
- A carteira de meu tio – J. Manuel de Macedo
- A luneta mágica – J. Manuel de Macedo
- A metamorfose – Kafka
- A flecha de ouro – Joseph Conrad
- A ilha do tesouro – R. L. Stevenson
- Marx - Vida & Obra – José A. Giannotti
- Gênesis
- Unidos para sempre – Ruth Rendell
- A arte de amar – Ovídio
- O sono eterno – Raymond Chandler
- Novas receitas do Anonymous Gourmet – J. A. Pinheiro Machado
- A nova catacumba – Conan Doyle
- O Dr. Negro – Sir Arthur Conan Doyle
- Os voluntários – Moacyr Scliar
- A bela adormecida – Irmãos Grimm
- O príncipe sapo – Irmãos Grimm
- Confissões e Memórias – H. Heine
- Viva a Alegrete – Sergio Faraco
- Vou estar esperando – R. Chandler
- A senhora Beate e seu filho – Schnitzler
- O ovo apunhalado – Caio Fernando Abreu
- O ciclo das águas – Moacyr Scliar
- Millôr Definitivo – Millôr Fernandes

- 263. O foguete da morte – Ian Fleming
- 264. Viagem ao centro da terra – Júlio Verne
- 265. A dama do lago – Raymond Chandler
- 266. Caninos brancos – Jack London
- 267. O médico e o monstro – R. L. Stevenson
- 268. A tempestade – William Shakespeare
- 269. Assassinatos na rua Morgue e outras histórias – Edgar Allan Poe
- 270. 99 corruíras nanicas – Dalton Trevisan
- 271. Broquéis – Cruz e Sousa
- 272. Mês de cães danados – Moacyr Scliar
- 273. Anarquistas – vol. 1 – A idéia – G. Woodcock
- 274. Anarquistas – vol. 2 – O movimento – George Woodcock
- 275. Pai e filho, filho e pai – Moacyr Scliar
- 276. As aventuras de Tom Sawyer – Mark Twain
- 277. Muito barulho por nada – W. Shakespeare
- 278. Elogio à Loucura – Erasmo
- 280. O chamado da floresta – J. London
- 281. Uma agulha para o diabo – Ruth Rendell
- 282. Verdes vales do fim do mundo – A. Bivar
- 283. Ovelhas negras – Caio Fernando Abreu
- 284. O fantasma de Canterville – O. Wilde
- 285. Receitas de Yayá Ribeiro – Celia Ribeiro
- 286. A galinha degolada – H. Quiroga
- 287. O último adeus de Sherlock Holmes – Arthur Conan Doyle
- 288. A. Gourmet em Histórias de cama & mesa – J. A. Pinheiro Machado
- 289. Topless – Martha Medeiros
- 290. Mais receitas do Anonymous Gourmet – J. A. Pinheiro Machado
- 291. Origens do discurso democrático – Donaldo Schüler
- 292. Humor politicamente incorreto – Nani
- 293. O teatro do bem e do mal – E. Galeano
- 294. Garibaldi & Manoela – J. Guimarães
- 295. 10 dias que abalaram o mundo – John Reed
- 296. Numa fria – Charles Bukowski
- 297. Poesia de Florbela Espanca vol. 1
- 298. Poesia de Florbela Espanca vol. 2
- 299. Escreva certo – É. Oliveira e M. E. Bernd
- 300. O vermelho e o negro – Stendhal
- 301. Ecce homo – Friedrich Nietzsche
- 302. Comer bem, sem culpa – Dr. Fernando Lucchese, A. Gourmet e Iotti
- 303. O livro de Cesário Verde – Cesário Verde
- 304. O reino das cebolas – C. Moscovich
- 305. 100 receitas de macarrão – S. Lancellotti
- 306. 160 receitas de molhos – S. Lancellotti
- 307. 100 receitas light – H. e Â. Tonetto
- 308. 100 receitas de sobremesas – Celia Ribeiro
- 309. Mais de 100 dicas de churrasco – Leon Diziekaniak
- 310. 100 receitas de acompanhamentos – Carmem Cabeda

311. **Honra ou vendetta** – S. Lancellotti
312. **A alma do homem sob o socialismo** – Oscar Wilde
313. **Tudo sobre Yôga** – Mestre De Rose
314. **Os varões assinalados** – Tabajara Ruas
315. **Édipo em Colono** – Sófocles
316. **Lisístrata** – Aristófanes/ trad. Millôr
317. **Sonhos de Bunker Hill** – John Fante
318. **Os deuses de Raquel** – Moacyr Scliar
319. **O colosso de Marússia** – Henry Miller
320. **As eruditas** – Molière/ trad. Millôr
321. **Radicci 1** – Iotti
322. **Os Sete contra Tebas** – Ésquilo
323. **Brasil Terra à Vista** – Eduardo Bueno
324. **Radicci 2** – Iotti
325. **Júlio César** – William Shakespeare
326. **A carta de Pero Vaz de Caminha**
327. **Cozinha Clássica** – Sílvio Lancellotti
328. **Madame Bovary** – Gustave Flaubert
329. **Dicionário do viajante insólito** – M. Scliar
330. **O capitão saiu para o almoço...** – Bukowski
331. **A carta roubada** – Edgar Allan Poe
332. **É tarde para saber** – Josué Guimarães
333. **O livro de bolso da Astrologia** – Maggy Harrissonx e Mellina Li
334. **1933 foi um ano ruim** – John Fante
335. **100 receitas de arroz** – Aninha Comas
336. **Guia prático do Português correto – vol. 1** – Cláudio Moreno
337. **Bartleby, o escriturário** – H. Melville
338. **Enterrem meu coração na curva do rio** – Dee Brown
339. **Um conto de Natal** – Charles Dickens
340. **Cozinha sem segredos** – J. A. Pinheiro Machado
341. **A dama das Camélias** – A. Dumas Filho
342. **Alimentação saudável** – H. e Â. Tonetto
343. **Continhos galantes** – Dalton Trevisan
344. **A Divina Comédia** – Dante Alighieri
345. **A Dupla Sertanojo** – Santiago
346. **Cavalos do amanhecer** – Mario Arregui
347. **Biografia de Vincent van Gogh por sua cunhada** – Jo van Gogh-Bonger
348. **Radicci 3** – Iotti
349. **Nada de novo no front** – E. M. Remarque
350. **A hora dos assassinos** – Henry Miller
351. **Flush - Memórias de um cão** – Virginia Woolf
352. **A guerra no Bom Fim** – M. Scliar
353.(1).**O caso Saint-Fiacre** – Simenon
354.(2).**Morte na alta sociedade** – Simenon
355.(3).**O cão amarelo** – Simenon
356.(4).**Maigret e o homem do banco** – Simenon
357. **As uvas e o vento** – Pablo Neruda
358. **On the road** – Jack Kerouac
359. **O coração amarelo** – Pablo Neruda
360. **Livro das perguntas** – Pablo Neruda
361. **Noite de Reis** – William Shakespeare
362. **Manual de Ecologia** – vol.1 – J. Lutzenberg
363. **O mais longo dos dias** – Cornelius Ryan
364. **Foi bom prá você?** – Nani
365. **Crepusculário** – Pablo Neruda
366. **A comédia dos erros** – Shakespeare
367.(5). **A primeira investigação de Maigret** – Simenon
368.(6). **As férias de Maigret** – Simenon
369. **Mate-me por favor (vol.1)** – L. McNeil
370. **Mate-me por favor (vol.2)** – L. McNeil
371. **Carta ao pai** – Kafka
372. **Os Vagabundos iluminados** – J. Kerouac
373.(7). **O enforcado** – Simenon
374.(8). **A fúria de Maigret** – Simenon
375. **Vargas, uma biografia política** – H. Silva
376. **Poesia reunida (vol.1)** – Affonso Romano Sant'Anna
377. **Poesia reunida (vol.2)** – Affonso Romano Sant'Anna
378. **Alice no país do espelho** – Lewis Carroll
379. **Residência na Terra 1** – Pablo Neruda
380. **Residência na Terra 2** – Pablo Neruda
381. **Terceira Residência** – Pablo Neruda
382. **O delírio amoroso** – Bocage
383. **Futebol ao sol e à sombra** – E. Galeano
384.(9). **O porto das brumas** – Simenon
385.(10). **Maigret e seu morto** – Simenon
386. **Radicci 4** – Iotti
387. **Boas maneiras & sucesso nos negócios** – Ce Ribeiro
388. **Uma história Farroupilha** – M. Scliar
389. **Na mesa ninguém envelhece** – José A. nheiro Machado
390. **200 receitas inéditas do Anonymus Gourm** – J. A. Pinheiro Machado
391. **Guia prático do Português correto – vol.** – Cláudio Moreno
392. **Breviário das terras do Brasil** – Luiz Ant nio de Assis Brasil
393. **Cantos Cerimoniais** – Pablo Neruda
394. **Jardim de Inverno** – Pablo Neruda
395. **Antonio e Cleópatra** – William Shakespea
396. **Tróia** – Cláudio Moreno
397. **Meu tio matou um cara** – Jorge Furtado

Coleção **L&PM** POCKET / SAÚDE

1. **Pílulas para viver melhor** – Dr. Fernan Lucchese
2. **Pílulas para prolongar a juventude** – D Fernando Lucchese
3. **Desembarcando o Diabetes** – Dr. Fernan Lucchese
4. **Desembarcando o Sedentarismo** – Dr. Fernan Lucchese e Cláudio Castro
5. **Desembarcando a Hipertensão** – Dr. Fernan Lucchese